NAME: Justus Jonas
FUNKTION: Erster De
FRAGEZEICHENFARBE:
BESONDERE MERKMALE:
Meister der Analyse un
schneller Schwimmer; z use auf dem Schrott-
platz von Tante Mathilda und Onkel Titus; zupft beim Nachdenken an seiner Unterlippe
IST FAN VON: Tante Mathildas Kirschkuchen und Denksport aller Art

NAME: Peter Shaw
FUNKTION: Zweiter Detektiv
FRAGEZEICHENFARBE: blau
BESONDERE MERKMALE: für körperliche Herausforderungen immer zu haben, dafür kein Ass in der Schule; großer Tierfreund; Spezialist für Schlösser aller Art, die seinem Dietrichset einfach nicht standhalten können; neigt zu Vorsicht und Aberglauben
IST FAN VON: schnellen Autos (insbesondere seinem MG), der südkalifornischen Sonne, so ziemlich jeder Sportart

Die drei ???

Die drei ???

Der Fluch der Medusa

erzählt von Marco Sonnleitner

Kosmos

Umschlagillustration von Silvia Christoph, Berlin
Umschlaggestaltung von eStudio Calamar, Girona, auf der Grundlage der Gestaltung von Aiga Rasch (9. Juli 1941 – 24. Dezember 2009)

Unser gesamtes lieferbares Programm und viele weitere Informationen zu unseren Büchern, Spielen, Experimentierkästen, Autoren und Aktivitäten findest du unter **kosmos.de**

FSC
www.fsc.org
MIX
Papier aus verantwortungsvollen Quellen
FSC® C014496

Gedruckt auf chlorfrei gebleichtem Papier

ISBN 978-3-440-16051-0
Redaktion: Anne Pagel
Lektorat: Nina Schiefelbein
Produktion, Layout und Satz: DOPPELPUNKT, Stuttgart
Druck und Bindung: GGP Media GmbH, Pößneck
Printed in Germany / Imprimé en Allemagne

Die drei ???

Der Fluch der Medusa

An Messers Schneide

Peter Shaw griff zum wiederholten Male zur Trinkflasche, schraubte den Verschluss ab und ließ das Wasser in großen Schlucken in seine Kehle laufen.
»Lass mir auch noch was übrig!« Bob Andrews streckte die Hand aus.
»Sorry!« Peter setzte die leere Flasche ab. »Aber da war nicht mehr viel drin. Ich kann ja mal reingehen und sehen, ob ich einen Wasserhahn finde.« Der Zweite Detektiv nickte nach hinten zur Tür des alten Holzhauses, auf dessen Eingangstreppe die drei Detektive saßen.
Justus winkte matt ab. »Die haben bereits alles abgestellt. Gas, Wasser, Strom. Ich war gestern mit Onkel Titus schon mal kurz hier.«
»Na super!« Bob ließ sich auf die Stufen zurücksinken. »Hättest du uns das nicht früher sagen können? Dann hätten wir mehr zu trinken mitgenommen. Bei dieser Affenhitze schwitzt man ja sowieso schon schneller, als man nachgießen kann.«
Justus grunzte zerknirscht. »Tut mir leid. Offenbar gehen diese Temperaturen auch an mir nicht spurlos vorbei.«
»Du meinst Gehirnerweichung und so? Geht mir genauso.« Peter wischte sich den Schweiß von der Stirn und lehnte sich zurück. Neben ihm lag ein Stapel Altpapier. Er nahm sich einen länglichen weißen Umschlag – laut Absender auf der Rückseite Infopost von einer Versicherung –, wedelte sich damit Luft zu und schloss die Augen. »Wenn wir hier noch länger rumsitzen müssen, weiß ich gleich nicht mehr, warum wir

überhaupt hergekommen sind. Was war gleich noch mal der Grund?«

Der Erste Detektiv lächelte müde. »Haushaltsauflösung. Onkel Titus regelt noch das Finanzielle, dann laden wir alles auf den Pick-up und bringen es zum Schrottplatz. Den wir aber vorher noch komplett umräumen müssen.«

»Was?« Peter saß schlagartig aufrecht. »Den Schrottplatz umräumen? Davon war nie die Rede!«

Justus grinste. »Kleiner Scherz. Wollte nur wissen, wie weit deine Gehirnerweichung schon fortgeschritten ist.«

»Du kannst einem aber auch einen Schrecken einjagen.« Peter machte es sich wieder bequem.

Bob blies sich Luft unter sein T-Shirt und sah zur Eingangstür. »Dauert ziemlich lange, dieses Das-Finanzielle-Regeln. Oder begießen die das da drin mit ein paar kühlen Bieren, während wir hier draußen von allen Seiten schön gleichmäßig gegrillt werden?«

Justus hob die Schultern. »Ich weiß es nicht. Eigentlich war alles so weit klar. Aber ihr wisst ja, dass Onkel Titus einem kleinen Plausch nie abgeneigt ist.«

»Jedenfalls brauche ich jetzt was zu trinken, sonst verdurste ich«, sagte Bob und blickte sich um. »Seht ihr irgendwo einen öffentlichen Wasserspender, einen Brunnen, Kiosk, die Niagara-Fälle? Egal was, Hauptsache, Wass–« Der dritte Detektiv hielt unvermittelt inne. »Was wird das denn?«

»Was ist?« Justus schaute in die Richtung, in die Bob mit gerunzelter Stirn blickte.

»Seht ihr den Kerl da? Rotes Hemd, schwarze Hose, nach oben abstehende Haare. An dem Briefkasten vor dem kleinen

Bungalow auf der anderen Straßenseite. Was hat der denn vor?«

»Wieso?« Peter hörte auf, sich Luft zuzufächeln. »Der sieht seine Post durch. Na und?«

»Würdest du deine Post so durchsehen?«, fragte Justus.

»Was meinst du?«

»Siehst du nicht, wie hektisch der Mann ist und wie häufig er sich umschaut?«, erwiderte Justus.

»Stimmt.« Peter nickte.

»Außerdem legt er alles wieder in den Briefkasten, nachdem er es angesehen hat. Nein, wartet. Da! Jetzt steckt er sich einen Umschlag in die hintere Hosentasche.«

»Und geht weiter«, sagte Bob. »Der Typ wohnt da nicht. Der klaut Post!«

»Los, Kollegen! Wir sollten den Herrn zur Rede stellen.« Justus stand auf.

»Das sollten wir unbedingt.« Peter steckte seinen »Fächer« hinten in seinen Hosenbund und sprang auf.

Auf der anderen Straßenseite warfen die Jungen kurz einen Blick auf den Briefkasten. *Carmichael,* stand darauf zu lesen. Dann beschleunigten sie ihre Schritte. An der nächsten Straßenecke hatten sie den Mann fast eingeholt.

»Mr Carmichael?«, rief Justus. »Entschuldigen Sie bitte.«

Der Mann lief weiter, reagierte nicht einmal.

»Mr Carmichael? Hallo?«, versuchte es Bob.

Wieder keine Reaktion, der Mann bog rechts ab.

Peter überholte ihn und stellte sich ihm in den Weg. Der Mann war etwas kleiner als er, um die vierzig und hatte dichtes braunes, nach oben gegeltes Haar. Besonders auffällig aber waren die kleinen grauen Augen. Grausam und kalt stachen sie aus dem blassen Gesicht hervor. »Mr Carmichael? Sie heißen doch Carmichael, oder?«

»Hä? Was? Was hast du für ein Problem, Kleiner? Komm, verzieh dich!« Der Mann schob Peter mit einem Arm zur Seite. Er hatte Kraft, sehr viel Kraft.

»Sie sind gar nicht Mr Carmichael, nicht wahr?« Jetzt positionierte Justus sich vor dem Mann.

Der Fremde blieb stehen, sah die Jungen erbost an. »Was wollt ihr Hosenscheißer eigentlich? Wer bin ich nicht?«

»Mr Carmichael«, sagte Bob. »Und Sie wohnen auch nicht in dem blauen Bungalow da links um die Ecke.« Der dritte Detektiv zeigte in die angegebene Richtung.

»Und? Wen interessiert denn das?« Der Mann wandte sich abrupt ab und betrat eine schmale Gasse, die zwischen den Gärten verlief und von Bretterzäunen, Hecken und Schuppen gesäumt war.

»Es interessiert die Leute, die tatsächlich in diesem Haus leben und deren Post Sie eben gestohlen haben!« Peter machte einen Satz nach vorne und zog dem Mann das Kuvert aus der hinteren Hosentasche. »Die hier zum Beispiel. Wir haben das genau beobachtet!« Peter las, was auf dem weißen Briefumschlag stand. »J. Carmichael, Newton Road 273, Rocky Beach. Der sind Sie nicht, oder?«

»Gib das sofort wieder her.« Der Mann hatte ganz leise gesprochen, ausdruckslos. Es hatte sich fast angehört wie das Zischen einer Schlange.

Peter verbarg den Umschlag hinter seinem Rücken. »Nein, wir werden ihn der Person bringen, der er tatsächlich gehört.«

Seine Stimme zitterte unmerklich. Mit dem Mann war nicht zu spaßen. Gar nicht.
»Letzte Warnung.« Wieder nur ein Zischen. Die grauen Augen verengten sich zu Schlitzen, in denen es gefährlich glomm.
»Wir können auch die Polizei rufen, wenn Ihnen das lieber ist.« Justus holte sein Handy hervor. »Dann sollen die die Angelegenheit klären. Solange warten wir –«
Mit einer unglaublich schnellen Bewegung holte der Mann ein Klappmesser von irgendwo hervor, ließ es aufspringen, packte den Ersten Detektiv am Arm und hielt ihm die blitzende Schneide an den Hals. »Kein Wort mehr! Dein Kumpel gibt mir jetzt sofort den Umschlag, sonst bekommst du die erste und letzte Rasur deines Lebens, ist das klar?« Er drückte die Schneide noch ein Stück tiefer in Justus' Haut.
»Schon gut, schon gut«, presste Justus hervor, der kreidebleich geworden war.
»Dann los!«
»Peter, gib ihm das Schreiben.«
»Tun Sie bitte nichts Unüberlegtes!«, bat Bob, dem ebenfalls der Schrecken ins Gesicht geschrieben stand.
»Schnauze!« Der Mann streckte die Hand aus.
»Hier.« Peter überreichte ihm mit zitternden Fingern den Umschlag. »Und jetzt nehmen Sie das Messer weg! Bitte!«
Der Mann grinste böse. »Sagt, dass es euch leidtut.«
»Es tut uns leid.«
»Ja, sehr leid.«
»Furchtbar leid.«
Der Fremde lachte gehässig und ließ das Messer sinken. »Brav. Jetzt macht euch vom Acker. Und kommt mir nie wieder in die

Quere! Abmarsch!« Er ließ sein Messer sirrend durch die Luft sausen, wenige Zentimeter vor Peters Nase.
Die drei drehten auf dem Absatz um und rannten die Gasse hinab. Erst als sie wieder die Newton Street erreichten, hielten sie an.
»Mann!« Bob blickte nach hinten. Der Mann war verschwunden. »Was war das denn für einer? Das wäre beinahe ins Auge gegangen.«
Justus holte erst einmal tief Luft. »Ich hätte nie gedacht, dass die Situation gleich so ausufert. Was für ein ungemütlicher Zeitgenosse.«
»Dem dieser Brief sehr wichtig gewesen zu sein scheint«, meinte Bob.
»In der Tat. Und es würde mich brennend interessieren, warum.«
Der dritte Detektiv lächelte gequält. »Du kannst ja noch mal zurückgehen und ihn fragen.«
»Das ist gar nicht nötig.« Peter grinste über das ganze Gesicht.
»Hä? Warum?« Bob sah ihn verständnislos an.
»Darum.« Peter zog hinter seinem Rücken einen Umschlag hervor und wedelte damit herum.

Jojo

»Wie …? Ist das …? Wie hast du *das* denn gemacht?«, fragte Bob entgeistert.

»Ich habe die Umschläge vertauscht. Meinen Fächer gegen seinen Brief.«

»Unglaublich! Mit der Nummer könntest du in Las Vegas als Meistermagier auftreten.«

Justus blickte noch einmal zurück. »Das war sehr riskant. Aber auch sehr geistesgegenwärtig. Alle Achtung, Zweiter, gut gemacht.«

»Tja.« Peter hob stolz das Kinn. »Gewusst, wie!«

Justus nahm seinem Freund den Brief aus der Hand. »Dann lasst uns schnell hier verschwinden und dieses Schreiben jetzt seinem eigentlichen Empfänger überbringen.« Er sah irritiert auf den Umschlag. »Merkwürdig. Eine Briefmarke aus Alaska. Und der Brief ist gar nicht abgestempelt.«

»Lass mal sehen.« Bob blickte auf das Papier. »Tatsächlich. Kein Stempel. Dann kam er nicht mit der Post.«

»Und wieso ist dann eine Briefmarke aus Alaska drauf? Oder überhaupt eine Marke?«, wunderte sich Peter. »Wenn man ihn selbst einwirft, kann man sich die doch sparen.«

»Vielleicht klärt sich das gleich.« Justus marschierte los.

Vom Briefkasten vorne am Grundstück der Familie Carmichael führte ein schmaler Plattenweg über einen gemähten Rasen zum Eingang des kleinen, blauen Bungalows. Ein erneuter Blick zurück verriet den Jungen, dass der Messermann den Austausch offenbar noch nicht bemerkt hatte. Und ein weite-

rer Blick auf die andere Straßenseite, dass Onkel Titus immer noch in dem alten Holzhaus zugange war. Sie konnten also schnell den Brief abgeben. Der Erste Detektiv klingelte, kurz darauf waren Schritte aus dem Haus zu hören.
Als die Tür aufging, stand ein etwa 12-jähriger, schwarzer Junge mit großen Augen und krausen Locken vor ihnen. »Ja?« Er sah sie fragend an.
Justus hielt ihm den Brief hin. »Hallo. Den hier wollte eben jemand aus eurem Briefkasten stehlen. Wir haben ihn dem Mann abgenommen. Bitte sehr.«
Der Junge streckte zögernd die Hand aus. »Ihr habt ... Jemand wollte ... Ich verstehe nicht ...?« Er las die Adresse. »J. Carmichael, ja, das ist ...« Sein Blick fiel auf die Briefmarke. »Alaska?« Seine Augen leuchteten auf, sein Atem ging schneller. »ALASKA? Vielleicht ist der von ...« Er schien die drei Jungen vor ihm völlig vergessen zu haben. Mit fahrigen Bewegungen riss er den Umschlag auf, holte das Papier heraus und las.
Die drei Detektive sahen sich erstaunt an.
»Der Mann kam uns sehr verdächtig vor«, nahm Bob das Gespräch wieder auf. »Daher folgten wir –«
»Was ... ist das?« Der Junge ließ das Blatt sinken und schaute die drei ??? irritiert an. »Ich ... verstehe kein Wort ... Das ist nicht ...« Enttäuschung lag in seinem Blick.
»Darf ich mal?« Der Erste Detektiv nahm dem Jungen vorsichtig das Blatt aus der Hand, der das ohne Widerstand zuließ. »Das ist tatsächlich sehr seltsam.« Justus' Stirn legte sich in Falten. »Seht euch das an, Kollegen.«
Peter und Bob lugten ihm über die Schulter. »Ein Datum. Der 17. Juli vor zwei Jahren«, sagte der Zweite Detektiv, »und

dann steht da ›CYQ, der 23. März vor 25 Jahren, NKAQK 8. FKTQK 6 HB, EHHTQFWTN‹.« Peter stutzte. »Was soll das?«

»Und da oben klebt noch einmal die gleiche Marke wie auf dem Umschlag.« Bob zeigte auf die Briefmarke mit dem Weißkopfseeadler, unter dem *Alaska* stand.

Justus sprach den Jungen an, der immer noch verstört ins Nichts blickte. »Dürfen wir deinen Namen erfahren?«

»Joaquin, Jojo«, erwiderte der Junge mechanisch.

»Hallo, Jojo, sehr angenehm. Ich bin Justus, das sind Peter und Bob.« Der Erste Detektiv zeigte auf sich und seine Freunde. »Dieser … Brief scheint dich zu verwirren, Jojo. Aber er ist doch an dich gerichtet, oder?«

»Ich dachte, er wäre von Dad«, flüsterte Jojo.

»Dein Dad ist nicht hier? Und deine Mum?«, fragte Bob.

»Bei der Arbeit.«

»Und dein Dad ist … verreist?«

»Ja … verreist.«

»Wohin denn?« Peter lächelte den Jungen aufmunternd an, obwohl der ihn gar nicht wahrzunehmen schien. »Ist er geschäftlich weg? Oder macht er Urlaub? In Alaska?«

»Ich weiß es nicht. Dad meldet sich nicht mehr.« Jojos Augen wurden glasig, er schluckte.

»Er *meldet* sich nicht mehr? Und du weißt nicht, wohin er gefahren ist?« Justus spürte, wie sich sein Nacken verspannte. Irgendetwas stimmte hier nicht.

Langsam kehrte der Junge ins Hier und Jetzt zurück und betrachtete die drei Detektive, als sähe er sie zum ersten Mal. »Danke … danke euch. Ich … ich muss wieder reingehen. Danke für den Brief.« Er griff nach dem Papierbogen, trat zurück und wollte die Tür schließen.

»Warte bitte.« Justus legte die Hand ans Türblatt. »Ist denn alles in Ordnung mit dir? Können wir dir irgendwie helfen? Du wirkst sehr bedrückt.«

Jojo schluckte abermals, eine Träne bildete sich in seinem Augenwinkel. »Mir glaubt doch sowieso niemand«, sagte er mit dünner Stimme.

»Was glaubt dir niemand?«

»Dass Dad etwas zugestoßen ist!«, platzte es aus Jojo heraus. »Jeden Tag hat er mich angerufen! Aber seit vier Tagen nicht mehr. Dabei hat er mir versprochen, dass er sich jeden Tag meldet.«

Auch Peter wurde jetzt unruhig. »Und wieso weißt du nicht, wo er ist?«

»Weil mein Dad Journalist ist und diesmal keiner wissen durfte, wohin er fährt.« Jojo schniefte.

»Deine Mum auch nicht?«

»Doch. Aber sie sagt es mir nicht, weil sie Angst hat, dass ich mich verplappere. Und sie sagt mir auch dauernd, dass ich mir keine Sorgen machen soll, dass es Dad bestimmt gut geht und er sich bald wieder meldet. Aber gestern ist ihr ein Teller runtergefallen und heute hat sie ihren Hausschlüssel vergessen und musste umkehren. Mum macht sich auch Sorgen, das weiß ich. Aber sie tut so, als wäre alles in Ordnung. Dabei ist gar nichts in Ordnung! Nichts!«

Justus zeigte auf das Schreiben in Jojos Hand. »Du dachtest, dass dieser Brief von deinem Vater ist? Dass er sich auf diese Weise mit dir in Verbindung setzen wollte?«

»Ja.«
»Weißt du denn, wer dir sonst so einen Brief schicken würde? Ein Schulfreund vielleicht? Magst du Rätsel?«
»Dad mag Rätsel.«
»Ja, aber der Brief ist doch an dich adressiert.«
Jojo zögerte. »Er könnte auch für Dad sein. Ich habe nur gehofft, dass er für mich ist. Wegen der Briefmarke. Ich dachte, Dad ist vielleicht in Alaska.«
»Ach so?«, wunderte sich Bob. »Wie heißt denn dein Dad?«
»Jeremiah. Jeremiah Carmichael.«
J. Carmichael! Die drei ??? verständigten sich mit kurzen Blicken, alle drei nickten. Dann holte Justus sein silbernes Etui aus der Hosentasche, entnahm ihm eine ihrer Visitenkarten und gab sie dem Jungen.

»Jojo, wenn du möchtest, kannst du auf unsere Dienste zurückgreifen. Wir sind sehr bewandert in kryptolog–«
Peter gab Justus einen kleinen Schubs.
»Was denn?«

Weiskopfadlr

Der Zweite Detektiv verdrehte die Augen. Manchmal vergaß Justus, dass nicht alle Menschen seine hochgestochenen Formulierungen verstehen konnten. »Wir kennen uns sehr gut aus mit Rätseln und Geheimnissen, und vielleicht können wir etwas über den Aufenthaltsort deines Dads herausfinden.«
Justus warf Peter einen mürrischen Blick zu, sagte aber nichts.
Jojo sah auf die Visitenkarte. »Ihr seid Detektive? Echte Detektive?«
»So ist es«, antwortete Bob. »Und wenn du willst, dann schauen wir uns diesen Text einmal genauer an.«
Jojo nickte langsam. Ein klein wenig entspannte sich sein Gesicht. »Meint ihr, dass er vielleicht doch von Dad ist?«
»Das wissen wir nicht«, erwiderte Justus. »Aber womöglich erfahren wir etwas, das dir von Nutzen ist.«
Jojo wischte sich eine Träne aus dem Augenwinkel. »Okay. Gut. Kommt rein.« Er machte einen Schritt zur Seite.
Justus blickte über die Schulter. »Geht ihr schon mal vor, Kollegen, ich sage meinem Onkel Bescheid, dass wir noch ein Weilchen brauchen.«
Peter und Bob nickten. Ihren eigentlichen Auftrag hatten sie beinahe vergessen.
Hinter der Haustür begann ein schnurgerader Flur, der durch den ganzen Bungalow bis zu einer hölzernen Hintertür mit Glaseinsätzen führte. Jojo geleitete die beiden Detektive zur vorletzten Tür rechts, wo es in ein gemütlich eingerichtetes Wohnzimmer ging. Zwei Sofas mit bunten Kissen, ein Schau-

kelstuhl, in dem eine weiße Katze zusammengerollt schlummerte, Pflanzen auf den Fensterbänken, eine kleine Schreibtischnische, jede Menge Bücher, Bilder an den Wänden, ein bisschen Krimskrams.

»Und wie macht ihr das jetzt?« Jojo gab Peter den Brief, setzte sich auf den Schaukelstuhl und nahm die Katze auf den Schoß. »Habt ihr schon viele Rätsel gelöst?«

»Sehr viele«, antwortete der Zweite Detektiv. »Aber wir warten besser auf Justus. Der ist der Meister im Rätsellösen.« Er lächelte.

Jojo nickte schwach und verstummte erneut. Gedankenversunken kraulte er seine Katze.

»Dein Dad ist Journalist, sagtest du?« Bob wollte den Jungen etwas ablenken. »Für welche Zeitung schreibt er denn?«

»Für den *Californian Spectator*.«

»Die machen viele politische Sachen, nicht wahr?« Der dritte Detektiv kannte das Nachrichtenmagazin. Sein Vater, der ebenfalls Journalist war und bei der *Los Angeles Post* arbeitete, brachte es häufiger mit nach Hause.

»Ja.« Jojo sah nicht auf, streichelte nur seine Katze weiter.

Es klingelte.

»Ich geh schon.« Peter stand auf. Kurz darauf kamen er und Justus ins Wohnzimmer.

»Alles geregelt.« Der Erste Detektiv sah seine Freunde an. »Die beiden kennen sich von früher und reden über die guten alten Zeiten. Es eilt nicht.« Er ließ sich aufs Sofa nieder. »Dann wollen wir mal.« Er warf Jojo einen aufmunternden Blick zu, doch der lächelte nur traurig. Justus legte sich den Brief auf dem niedrigen Couchtisch zurecht und vertiefte sich

in die Buchstaben und Zahlen. Peter und Bob nahmen neben ihm Platz.
»Wir sollten auf jeden Fall die Briefmarke in unsere Überlegungen mit einbeziehen.« Bob deutete auf das Postwertzeichen auf dem Briefbogen. »Auf dem Umschlag war sie nicht nötig, weil der Brief nicht mit der Post kam, und auf den Briefbogen selbst würde sie niemand ohne einen besonderen Grund kleben. Sie könnte also ein Hinweis sein.«
»Das sehe ich auch so«, meinte Justus. »Und der Empfänger *braucht* einen Hinweis. Es gibt unzählige Verschlüsselungsmethoden, da kann der Absender nicht hoffen, dass der Empfänger zufällig auf diejenige kommt, die diesen Code knackt.«
»Es sei denn, der Absender hat dem Empfänger den Code-Schlüssel auf anderem Weg mitgeteilt«, gab Bob zu bedenken. Aufmerksam ließ er seinen Blick durch den Raum gleiten.
»Dann hätten wir ein Problem«, meinte Justus. »Gehen wir mal vom Besten aus und hoffen, dass sich der Schlüssel in diesem Schreiben verbirgt.« Er sah sich die erste Datumsangabe an. »Der 17. Juli vor zwei Jahren. Scheint auf den ersten Blick Klartext zu sein.«
Peter wandte sich Jojo zu. »Du sagtest, dass dein Dad Rätsel mag. Glaubst du, dass er das hier hätte lösen können?«
Jojo zuckte schwach mit den Schultern. »Ich weiß es nicht. Aber Dad ist wirklich gut in so was.«
»Sagt dir dieses Datum etwas?«, fragte Justus. »Der 17. Juli vor zwei Jahren?«
Der Junge überlegte kurz, schüttelte aber dann den Kopf. »Nein, sagt mir gar nichts.«
»Geburtstag? Namenstag? Hochzeitstag?«

»Tut mir leid.«

»Hm, dann sollten wir dieses und das andere Datum mal im Internet recherchieren. Vielleicht stoßen wir ja auf irgendeinen Hinweis, der uns –«

»Warte!« Bob deutete auf ein Bild an der Wand. Vielmehr eine Art Urkunde, die gerahmt hinter ihnen über dem Sofa hing. Er stand auf und nahm das Bild ab. »Hier. Der 17. Juli vor zwei Jahren. Mr Carmichael hat an dem Tag einen Rätselwettbewerb in Sausalito gewonnen.«

»Ja. Stimmt.« Jojos Gesicht hellte sich auf. »Darauf war er total stolz. Das ist der größte Rätselwettbewerb in Kalifornien. Und Dad hat den ersten Platz gemacht.«

Justus beugte sich über die Urkunde und las ihren Text. »Das könnte … Ja, und zwar … hier. Hier steht es. Blablabla … ›in einer Zeit von einer Stunde und 34 Minuten das richtige Geheimalphabet ermitteln konnte.‹ Geheimalphabet. Das könnte es sein, Kollegen. Wir suchen vielleicht nach einem Geheimalphabet.« Der Erste Detektiv blickte wieder auf das Schreiben.

»Aber auch davon gibt es jede Menge«, sagte Peter. »Caesar-Verschlüsselung, Freimaurer-Alphabet, Schlüsselalphabet …«

»Schlüsselalphabet!« Justus deutete aufgeregt auf die Briefmarke. »Die Marke! Sie könnte der Schlüssel sein.«

»Was ist ein Schlüsselalphabet?«, fragte Jojo interessiert.

»Ein Alphabet, in dem die Buchstaben anders als im normalen Alphabet gesetzt werden. Zum Beispiel von hinten nach vorne. Dann stünde Z für A, Y für B und so weiter. Aber die Verschiebung der Buchstaben kann auch viel komplizierter sein, weswegen man den richtigen Schlüssel braucht, zum Beispiel ein Kennwort, um den codierten Text lesen zu können.«

»Und das Kennwort soll die Briefmarke sein?«
»Das ist durchaus möglich. Zumal sie sehr auffällig in Szene gesetzt wurde.«
»Ich habe eine Idee. Darf ich mir was zum Kritzeln nehmen?« Bob lief zu dem Schreibtisch, der in einem kleinen Erker vor einem der Fenster stand, holte sich Zettel und Stift und kehrte zum Sofa zurück. »Auf der Marke ist ein Adler. Diese Geheimalphabete funktionieren doch oft so, dass das Kennwort die ersten Buchstaben im Alphabet vorgibt.« Er begann zu schreiben. »A bliebe dann A, D würde für B stehen, L für C, E für D und R für E. Der Rest des Alphabets wird dann einfach mit den Buchstaben aufgefüllt, die noch nicht genutzt wurden. B stünde für F, C für G, D und E sind schon besetzt, F für H und so weiter. Der Anfang unseres Geheimalphabets würde dann lauten: ADLERBCF ist gleich ABCDEFGH.«
»Gute Idee, Bob«, sagte Justus. »Ich denke nur, dass das Wort *Adler* zu kurz für eine vernünftige Verschlüsselung ist.«
»Wie wäre es mit Fischadler?«, warf Peter ein. »Ist das auf der Marke einer?«
»Nein«, sagte Justus. »Das ist ein Weißkopfseeadler. Das Wappentier der Vereinigten Staaten und damit auch Alaskas, wo der Vogel sehr häufig vorkommt.«
»Na los!« Bob zeigte auf den Zettel. »Versuchen wir es!«
Der Erste Detektiv machte sich an die Arbeit. Jojo stand auf, kam herüber und blickte ihm genau wie Peter und Bob dabei über die Schulter.
»Ah, verstehe, du verwendest jeden Buchstaben nur einmal«, erkannte Peter. »Mehrmals vorkommende Buchstaben fallen raus.«

»Richtig. Daher lautet der erste Teil unseres Alphabets WEISKOPFADLR. S und E sind mehrfach vorhanden.«
»Und dann wird einfach aufgefüllt«, sagte der dritte Detektiv. »Nach R kommt B, dann C. D, E und F haben wir schon, dann also G, H.«
»Ganz genau.« Justus schrieb das Alphabet zu Ende und las es einmal laut vor: »WEISKOPFADLRBCGHJMNQTUVXYZ.« Dann notierte er darunter das richtige Alphabet, sodass jedem Buchstaben daraus ein Buchstabe aus dem verschlüsselten Alphabet zugeordnet wurde.
Jojo nickte. »So ungefähr kapiere ich das. Und jetzt?«
»Jetzt überprüfen wir, ob der Text aus dem Schreiben mithilfe dieses Schlüssels Sinn ergibt.« Der Erste Detektiv legte den Brief daneben. »CYQ wäre dann ... N ... Y ... T.«
»Sagt mir gar nichts«, meinte Peter ernüchtert.
Justus überlegte kurz. »Mir im Moment auch nicht. NKAQK ergibt S ... E ... I ... T ... E.« Er blickte auf. »Seite! Seite 8! NKAQK 8 bedeutet Seite 8. Das ist ein verständlicher Text!«
»Und FKTQK?« Bob überprüfte aufgeregt das Alphabet. »Daraus wird ... H ... E ... U ... T ... E.« Er schnappte nach Luft. »Heute! Das ist es, wir haben es geknackt! Heute! Seite 8 und Heute!«
»Und 6 HB bedeutet 6 PM!«, erkannte Peter. »Sechs Uhr abends! Heute um sechs Uhr abends. Leute, das ist eine klare Zeitangabe.« Er sah auf seine Uhr. »In vier Stunden!«
»NYT könnte vielleicht die *New York Times* meinen.« Jojo lief zu einem Zeitungsständer neben dem Schaukelstuhl. »Hier! Dad hat diese Zeitung abonniert.« Er wedelte mit einer Ausgabe der *New York Times* und lächelte.

»Natürlich! Sehr gut, Jojo!«, lobte Justus. »*New York Times*, Seite 8.«
»Vielleicht ein Artikel auf Seite 8 in der *New York Times* vom 23. März vor 25 Jahren?«, riet Bob. »Das zweite Datum?«
»Ja! Ja!« Justus war jetzt Feuer und Flamme und machte sich über das letzte Wort her. »Ich könnte mir vorstellen, dass das letzte Wort einen Treffpunkt angibt, einen Ort. Eine Zeitangabe haben wir ja schon. Und aus EHHTQFWTN wird ... wartet kurz ... B ... P ... P ...« Er richtete sich irritiert auf. »BPPUTHAUS?« Der Erste Detektiv schüttelte den Kopf. »Ich muss mich vertan haben.« Erneut prüfte er die Buchstaben. Aber heraus kam wieder BPPUTHAUS.

Topsecret

Vom Flur her waren Geräusche zu hören. Jemand sperrte die Haustür auf.

»Hallo, mein Schatz. Ich bin zu Hause!«, ertönte eine warme Frauenstimme.

»Meine Mum«, informierte Jojo die drei Jungen und sprang auf. »Wir sind hier hinten, Mum. Im Wohnzimmer.«

»Wir?« Schritte kamen näher, kurz darauf stand Jojos Mutter im Zimmer. Sie war eine sehr schöne Frau um die vierzig. »Na, hallo! Wer seid ihr denn?« Sie lächelte die drei ??? freundlich an.

Jojo lief zu ihr, nahm sie bei der Hand und zog sie zum Couchtisch. »Das sind Detektive, Mum! Und sie haben dieses Rätsel hier gelöst. Schau doch! Vielleicht ist das von Dad?« Er sah sie hoffnungsvoll an. »Treffen ist heute Abend um sechs. Und irgendwas steht in der *New York Times*!«

Mrs Carmichael ließ die Hand ihres Sohnes los. »Jetzt mal ganz langsam, junger Mann! Detektive?« Sie sah die drei Jungen skeptisch an. »Ich wüsste wirklich gerne, was hier los ist.«

»Aber Mum, guck doch!«

»Jojo!«

»Guten Tag, Mrs Carmichael.« Justus erhob sich, Peter und Bob ebenfalls. »Wenn wir uns vorstellen dürften? Mein Name ist Justus Jonas und das sind Peter Shaw und Bob Andrews. Vor etwa dreißig Minuten hat jemand versucht, Post aus Ihrem Briefkasten zu stehlen. Wir haben den Mann zur Rede gestellt, ihm diesen Brief abgenommen«, Justus zeigte zu dem Schreiben auf dem Couchtisch, »und den anschließend Ihrem Sohn gebracht.«

Mrs Carmichaels Blick verfinsterte sich. »Jemand wollte unsere Post klauen?«

»So ist es«, bestätigte Bob.

»Und der Brief ist von meinem Mann?«

»Oder für ihn. Er ist an einen J. Carmichael adressiert.«

In den folgenden Minuten berichteten die drei Detektive Jojos Mutter, was es mit dem Brief auf sich hatte und was sie herausgefunden hatten. Die Frau betrachtete währenddessen das Schreiben und die Karte der drei ???, hörte sich alles in Ruhe an, blieb aber misstrauisch und reserviert. Danach wandte sie sich zuerst an ihren Sohn.

»Jojo, du weißt, dass es deinem Vater nicht recht wäre, dass du Detektive einschaltest, um ihn zu finden.«

»Aber Mum! Er meldet sich nicht mehr. Seit vier Tagen!«

Mrs Carmichael sah ausweichend zur Seite. »Es geht ihm gut.«

»Das kannst du doch gar nicht wissen!«

Mrs Carmichael blickte auf das rätselhafte Schreiben.

»Sie machen sich auch Sorgen, nicht wahr?«, fragte Bob.

»Ich ... Jerry kann gut auf sich selbst aufpassen.«

Justus sah sie mitfühlend an. »Das ist aber keine Antwort auf unsere Frage. Und Jojo denkt auch, dass Sie sich Sorgen machen.«

Mrs Carmichael ließ das Papier sinken, sah aus dem Fenster. Sie zögerte, dachte nach. »Es ist ... ungewöhnlich, ja. Normalerweise ist Jerry sehr zuverlässig.«

»Wissen Sie denn, wo er ist?«, fragte Peter.

»Ja. Aber ich darf es niemandem verraten, sonst bekommt er mächtig Ärger mit seinem Chef.«
»Und dieses Schreiben, sagt Ihnen das was? NYT, 23. März vor 25 Jahren, SEITE 8. HEUTE 6 PM, BPPUTHAUS?«
Sie schüttelte den Kopf. »Nein, gar nichts.«
»BPPUTHAUS könnte ein Ort sein.«
»Es sagt mir trotzdem nichts.«
Justus dachte kurz nach. »Hätten Sie etwas dagegen, wenn wir einmal mit dem Chef Ihres Mannes sprechen?«
»Leroy wird euch nicht sagen, wo Jerry ist.«
»Nein, aber vielleicht, dass es ihm gut geht.«
Mrs Carmichael setzte sich in einen der Sessel, sah ins Unbestimmte. »Ich habe ihn schon gefragt.« Ihre Stimme war jetzt dünner, brüchiger. »Er hat auch nichts mehr von Jerry gehört.«
»Was? Das hättest du mir sagen müssen!«, rief Jojo.
»Tut mir leid, Liebling.«
»Vielleicht weiß der Chef Ihres Mannes aber, was die Nachricht zu bedeuten hat?«, überlegte Bob.
Mrs Carmichael zuckte nur die Achseln. Spätestens jetzt war ihr die Sorge um ihren Mann deutlich anzumerken.
»Darf ich?« Justus streckte die Hand nach dem Brief aus. »Einen Versuch ist es wert.«

Die drei ??? konnten sich jedoch nicht sofort auf den Weg zum *Californian Spectator* machen. Als Justus nämlich nach Onkel Titus sah, war der gerade im Aufbruch begriffen. Die nächsten anderthalb Stunden waren die Jungen daher mit Verladen, Abladen und Verräumen beschäftigt und konnten erst gegen vier Uhr nachmittags den Weg nach Mar Vista antreten, einem Stadtteil von Los Angeles, wo sich der Sitz des Nachrichtenmagazins befand.

Bob fuhr allerdings nicht mit. Er begab sich in die Bibliothek von Rocky Beach, um herauszufinden, was vor 25 Jahren auf Seite 8 der *New York Times* gestanden hatte.

Auf der Fahrt nach Mar Vista überlegten sich Justus und Peter, wie sie es zunächst einmal schaffen könnten, vom Chefredakteur des *Californian Spectator* empfangen zu werden. Da ihnen ein Schulreferat kurz nach Beginn der Ferien zu dünn erschien und ihnen auch ansonsten nichts Überzeugendes einfiel, beschlossen sie, die Flucht nach vorne anzutreten: Sie hätten eine Nachricht von Jeremiah Carmichael erhalten!

Tatsächlich empfing sie Leroy Barnes, ein schwitzendes Schwergewicht mit Glatze und mächtigen Tränensäcken unter den Augen, auch sofort in seinem Büro.

»Setzt euch!« Er zeigte flüchtig auf zwei Stühle vor seinem Monsterschreibtisch. »Eine Nachricht von Jerry? Ihr? Was hat er gesagt?« Er beugte sich nach vorne und der Bürostuhl unter ihm ächzte bedrohlich.

»Er hat uns etwas zukommen lassen.« Justus reichte dem Journalisten das Schreiben.

Barnes überflog die Zeilen. »Was ist das? Wollt ihr mich veralbern?«

»Ein verschlüsselter Text. Der das hier bedeutet.« Der Erste Detektiv gab ihm einen Zettel mit ihrer Lösung.

»Woher wisst ihr ... Wie habt ihr ... BPPUTHAUS?« Barnes starrte die Jungen entgeistert an. »Das ist ein Scherz, oder?«

»Nein, ganz sicher nicht. Das letzte Wort konnten wir noch

nicht dechiffrieren, aber wir hatten gehofft, dass Sie vielleicht wissen, wie die anderen Angaben zu deuten sind.«
»Nein, weiß ich nicht! Und das Zeug soll von Jerry sein?«
Justus lächelte verhalten. »Das wäre durchaus möglich. Vielleicht ist die Nachricht aber auch für ihn.«
»Durchaus möglich?«, polterte Barnes. »Vielleicht? Ihr habt gesagt, dass ihr eine Nachricht von Jerry habt! Durchaus möglich!« Er zeigte zur Tür. »Los, Abflug! Für so einen Mist habe ich keine Zeit!«
»Würden Sie uns denn wenigstens sagen, wann Sie das letzte Mal Kontakt zu ihm hatten?«, bat Peter. »Seine Frau und sein Sohn machen sich große Sorgen.«
»Gar nichts werde ich! Das ist alles topsecret und sicher nichts, was ich ausgerechnet euch auf die Nase binden werde. Und jetzt raus!«
Mit hängenden Schultern verließen die beiden Jungen den verglasten Raum und liefen durch das Labyrinth der Arbeitsboxen, von denen dutzende das riesige Großraumbüro füllten.
»Das war wohl nichts«, meinte Peter zerknirscht.
»Nein, der werte Herr zeigte sich nicht gerade kooperativ. Allerdings war das auch kaum –« Justus blieb stehen.
»Was ist?«
Der Erste Detektiv zeigte auf eine der Arbeitsboxen. Es handelte sich dabei um mit brusthohen Stellwänden abgeteilte Kabinen, in denen gerade mal ein Schreibtisch, ein Stuhl und wenige Regale Platz fanden. »An den Boxen stehen die Namen der Mitarbeiter! Hier arbeitet zum Beispiel ein H. Woodward.«
Peter verstand sofort. »Und eine der anderen Boxen gehört

bestimmt einem gewissen J. Carmichael! Du denkst, dass wir dort vielleicht irgendetwas Brauchbares finden.«

»Es besteht zumindest die Möglichkeit.«

Die Jungen machten sich auf die Suche. So unauffällig wie möglich klapperten sie die aneinandergereihten Boxen ab. Niemand schien von ihnen Notiz zu nehmen. Einmal überholte sie eine Frau mit Hochsteckfrisur, die in ihren Unterlagen blätterte. Auch sie bemerkte sie kaum. Schließlich standen sie vor der Box von Jeremiah Carmichael.

»Ich sehe mich da drin um, du passt auf«, sagte Justus.

»Geht klar!« Peter entfernte sich bis zur nächsten Kreuzung zweier Gänge, um einen besseren Überblick zu haben. Nach einer kurzen Sondierung der Lage gab er Justus ein Zeichen und der Erste Detektiv verschwand in der Arbeitskabine von Jeremiah Carmichael.

Die anderen Boxen waren fast alle besetzt. Nur selten verließ ein Mitarbeiter seine Kabine, um etwas wegzubringen oder woanders hinzugehen. Es herrschte eine konzentrierte Arbeitsatmosphäre, Papier raschelte, Tastaturen klapperten, Leute telefonierten.

Würde Justus etwas finden, das ihnen weiterhalf? Peter ließ seinen Blick schweifen und erblickte die Frau mit der Hochsteckfrisur wieder. Sie stand nahe bei den Aufzügen und – zeigte mit dem Finger auf ihn! Und dann zeigte sie in Richtung der Box von Jeremiah Carmichael. Neben der Frau standen zwei Männer in blauen Uniformen und sahen finster in die angegebene Richtung. Security! Die beiden Männer marschierten los.

BPPUTHAUS

Peter ging auf Tauchstation, damit er für die beiden Männer nicht mehr zu sehen war, und lief zu Justus.
»Just!«, zischte er am Eingang der Box. »Wir sind aufgeflogen! Security!«
»Gleich.«
Peter sah sich verdutzt in der Kabine um. Wo war Justus? »Wo zum Henker bist du?«
»Hier! Unter dem Schreibtisch. Da klemmt ein Zettel.«
Der Zweite Detektiv ging in die Hocke. Jetzt sah er seinen Freund. »Egal! Komm sofort da raus! Die grillen uns!«
»Ich habe ihn gleich«, ächzte Justus. »Er steckt zwischen dem Tischbein und der … ah, jetzt!« Der Erste Detektiv kroch unter dem Schreibtisch hervor.
»Dann los!«, raunte Peter. »Die müssen jeden Moment da sein. Aber lass den Kopf unten!«
»Jaja, ich komme ja schon.« Justus stand auf und lief gebückt zum Ausgang der Box. Plötzlich blieb er wie angewurzelt stehen und sah auf eine Pinnwand links von ihm.
»Just! Mann! Was ist denn jetzt schon wieder?« Peter lugte den Gang hinab. Noch war niemand zu sehen.
»Die Aufnahme da!« Justus deutete auf ein Foto, das Mrs Carmichael Arm in Arm mit einem großgewachsenen Mann zeigte. Sie standen an einem See vor einem alten Bootshaus und wirkten sehr glücklich. Irgendetwas an dem Foto hatte den Ersten Detektiv förmlich elektrisiert.
»Nimm es mit und komm endlich!«, befahl Peter.

»Gute Idee!« Justus zog den Reißnagel aus der Pinnwand und steckte Foto und Zettel in seine Tasche. Dann huschte er hinter Peter aus der Box.
»Wohin jetzt?«
»Warte.« Peter richtete sich ganz langsam auf. Kaum hatte er über den Rand der Boxen gesehen, machte er sich blitzschnell wieder klein. »Mir nach!« Der Zweite Detektiv rannte ein Stück den Gang hinab, bog dann nach links ab, rannte weiter, bog nach rechts ab und blieb stehen. Erneut sah er vorsichtig über die Boxen hinweg.
»Und?«, flüsterte Justus.
»Mist! Die haben sich aufgeteilt. Der eine kommt direkt auf uns zu.« Peter blickte sich hektisch um. »Da rein!« Er schob Justus in eine leere Kabine und drückte sich dort neben ihn an die Wand. »Und jetzt kein Wort! Und nicht atmen!«
Kurz darauf waren draußen schwere Schritte zu hören. Die genau vor ihrer Box innehielten!
»Verdammt!« Eine raue Männerstimme. »Diese kleinen Pickelmonster müssen doch irgendwo sein.« Ein Walkie-Talkie knackte. »Frank? Siehst du sie?« Wieder ein Knacken. »Keine Spur von ihnen«, kam es aus einem Lautsprecher. »So ein Mist!« Der Mann lief weiter.
Justus und Peter blickten sich erleichtert an.
»Dann raus!«
Fünf Minuten später hatten es die beiden Detektive über einen der Notausgänge aus dem Gebäude geschafft. Schwer atmend, aber mindestens ebenso schwer erleichtert ließen sie sich neben einem Baum auf einen Grünstreifen sinken.
»Dann hoffe ich mal, dass sich dieses Manöver gelohnt hat.«

Peter dehnte seinen Hals, der von dem gebückten Laufen ganz verspannt war. »Die hätten uns fast gekriegt, das war haarscharf.«

»Hast du gut gemacht, Zweiter.« Justus holte den Zettel aus seiner Hosentasche. »Das hier klemmte hinter dem Schreibtisch. Handschriftliche Notizen. Der Arbeitsplatz an sich war sauber aufgeräumt, aber der Zettel hier ist Mr Carmichael offenbar hinter die Tischplatte gerutscht.«

»Was steht da? *AKN 6:30*, *Seadevil* und *Beretta*?« Peter dachte kurz nach. »Eine Beretta ist doch eine Pistole, oder?«

»Ja.«

»Und das andere? Sagt dir das was?«

Justus schüttelte den Kopf. »Im Moment nicht. Aber das Foto hier.« Er zog es hervor und sah es sich genauer an. »Irgendwie habe ich das Gefühl, dass es wichtig ist.«

Peter betrachtete es ebenfalls. »Mrs Carmichael und ein Mann vor einem Bootshaus. Ihr Mann, würde ich tippen, Jeremiah.«

»Das denke ich auch. Aber es geht mir eher um das Bootshaus.«

»Kennst du es?«

»Nein, das nicht, aber ... ein Bootshaus ...« Justus fing an, seine Unterlippe zu kneten. Das machte er oft, wenn er scharf nachdachte. »Ein Boots...haus ... Was hat es mit diesem Bootshaus ...« Justus fuhr zusammen. »Natürlich!«

»Was natürlich?« Peter sah seinen Freund ratlos an.

»BPPUTHAUS! Die gleiche Anzahl an Buchstaben, der erste und die letzten vier sind identisch!«

»Jaaa ...?« Peter verstand nicht, worauf Justus hinauswollte.

»Und die anderen ...« Justus konzentrierte sich. »Das ur-

sprüngliche Wort im Schreiben lautete EHHTQFWTN. Daraus wurde bei uns BPPUTHAUS.«
Peter sagte dazu nichts. Dass sich Justus die unmöglichsten Dinge merken konnte, war für ihn nichts Neues.
»Was, wenn der Verfasser ... Hm ... Das Alphabet lautete WEISKOPFADLRBCGHJMNQTUVXYZ.«
»Das E wird ein B«, sagte Peter.
»Und die beiden Hs werden im Klartext zu Ps. Aber wenn man nur einen Buchstaben nach vorne geht, wenn die Hs eigentlich Gs hätten sein sollen, werden daraus Os.«
Peter klappte der Mund auf. »BOO. Und hinten HAUS. Bootshaus! Wie lauten die anderen Buchstaben, wenn du jeweils einen nach vorne gehst?«
Justus überlegte. »Wenn T und Q eigentlich Q und N sein sollten, werden aus ihnen ein ... T und ein ... S. Bootshaus. Dann steht da Bootshaus.«
»Das ist der Treffpunkt! Vor dem die Carmichaels abgelichtet wurden«, sagte Peter. »Dann müssen die auch wissen, wo es ist.«
»Davon ist auszugehen.«
Justus' Handy klingelte. *Bob,* stand auf dem Display. »Hallo, Bob. Hast du was entdeckt?«
»Ja. Ich habe die Ausgabe der *New York Times* gefunden. Da geht es um Innenpolitik. Vier Artikel stehen auf Seite 8. Einer über die Verschwendung von Steuergeldern bei einem Brückenbau in Montana, einer über die Maisernte in Missouri, ein dritter über Waldbrände in Idaho und der letzte berichtet über die Entsorgung von Giftmüll im Meer vor Alaska.«
Justus wurde hellhörig. »Alaska?«

»Das gleiche Alaska, aus dem die Briefmarke stammt. Ich wusste, dass dich das interessiert. Da hat jemand Dünnsäure in großen Mengen ins Meer gekippt. Die Umweltschäden waren beträchtlich.«
»Weiß man, wer dafür verantwortlich war?«
»Nein.«
»Okay. Gute Arbeit, Bob. Wir haben auch einiges zu berichten. Treffpunkt bei den Carmichaels in dreißig Minuten.«

Der Totengräber

Als Peter mit seinem MG in die Newton Road einbog, wartete Bob schon neben seinem VW Käfer vor dem Haus der Carmichaels. Justus und Peter stiegen aus und informierten ihn über die Ereignisse beim *Californian Spectator* und darüber, was sie dort entdeckt hatten.

»Bootshaus.« Bob überlegte. »Das könnte tatsächlich ein Treffpunkt sein. Glaubt ihr, der Verfasser des Schreibens hat das absichtlich gemacht? Dass er bei der Codierung der vier Buchstaben im Schlüsselalphabet jeweils um einen nach vorne gegangen ist?«

Justus zuckte die Achseln. »Oder er hat sich vertan. Beim B ist das unwahrscheinlich, aber die anderen Buchstaben kommen viel weiter hinten, da kann man sich schon mal verzählen. Lasst uns reingehen.«

Jojo war wieder allein zu Hause, seine Mutter war zum Einkaufen gefahren. Ungeduldig führte der Junge sie ins Wohnzimmer und hörte sich an, was die drei ??? in Erfahrung gebracht hatten.

»Beretta? Auf dem Zettel steht wirklich Beretta?« Jojo blinzelte nervös.

»Ja. Wieso beunruhigt dich das?«, fragte Bob. »Hat dein Dad so eine Waffe?«

Jojo antwortete nicht und rannte stattdessen aus dem Wohnzimmer. Kurz darauf war er zurück. Sein Blick wirkte gehetzt, er knetete unruhig seine Hände.

»Was ist los?«, fragte Peter.

»Die Pistole. Sie ist weg. Dad hat sie immer in seiner Waffenvitrine hinterm Nachttisch. Jetzt ist sie weg.«

»Und das ist ungewöhnlich?«, fragte Justus vorsichtig nach.

»Dad hat sie nie benutzt.« Jojo atmete hektisch. »Er hat sie sich mal gekauft, als er an einer Story über Schmuggler dran war. Aber er hat Mum versprochen, dass er niemals über etwas schreiben würde, das so gefährlich ist, dass er die Pistole mit zu seinen Terminen nehmen müsste. Und jetzt ist sie weg.«

Die drei Detektive sahen sich betroffen an. Die Sache schien noch viel ernster zu sein, als sie bisher angenommen hatten.

»Jojo, sagt dir dieses Foto hier etwas?« Justus zeigte ihm die Aufnahme.

»Das ist das Bootshaus in Castellammare«, sagte der Junge ausdruckslos. »Mums und Dads Lieblingsort. Dort hat er ihr den Heiratsantrag gemacht.«

»Das könnte der Treffpunkt sein«, informierte ihn Bob. »Wie es aussieht, war in der Verschlüsselung ein Fehler. Das letzte Wort lautet vermutlich BOOTSHAUS.«

»Da war ein Fehler?«

»Vermutlich, ja. Und Castellammare ist keine fünfzehn Minuten von hier.« Peter sah auf seine Uhr. »Halb sechs. Das schaffen wir locker. Vielleicht kommt dein Dad ja tatsächlich dahin. Und wenn nicht, dann finden wir vielleicht heraus, ob dieser Brief an ihn war und warum er ihn bekommen hat.«

»Meint ihr?« Jojo wirkte nicht überzeugt.

»Versuchen wir's!«

Castellammare war ein kleiner Küstenort zwischen Rocky Beach und Pacific Palisades. Bob brauchte mit seinem Käfer tatsäch-

lich keine zehn Minuten dorthin, und fünf Minuten später hatte sie Jojo zu dem beschaulichen See mit dem Bootshaus im Norden des Ortes dirigiert.
Der See lag still und friedlich im goldenen Abendlicht. Mücken schwirrten über das Wasser, ab und zu quakte ein Frosch. Das Bootshaus war ganz aus Holz und wirkte alt und verlassen. Die Stirnseiten, von denen eine zum Wasser zeigte, wiesen große Flügeltüren aus Holz auf, an den Längsseiten befanden sich je zwei kleine Fenster. Von der seeseitig gelegenen Tür führte eine schmale Rampe ins Wasser.
Die Jungen blickten sich um. Niemand war zu sehen. Auch auf dem Wasser nicht.
Peter schaute auf die Uhr. »Noch fünf Minuten.«
Justus deutete auf ein Dickicht aus wilden Brombeerbüschen. »Wir machen uns jetzt erst einmal unsichtbar und warten ab, was passiert.«
Doch es passierte nichts. Aus ihrem Versteck hatten die Jungen das Bootshaus gut im Blick. Aber auch nach einer halben Stunde hatte sich nichts getan. Niemand war gekommen.
»Vielleicht doch der falsche Ort?«, meinte Bob.
Justus schüttelte den Kopf. »Glaube ich nicht. Sehen wir uns die Hütte an.«
»Ich weiß nicht, ob das so eine gute Idee ist.« Peter machte ein skeptisches Gesicht.
»Hast du eine bessere?« Der Erste Detektiv erhob sich und trat hinter den Büschen hervor. Dann steuerte er eines der Fenster an. Die anderen folgten zögerlich.
Justus hielt die Hand über die Stirn, um die Spiegelung im Glas zu vermindern. »Ich kann niemanden entdecken. Da

liegt ein altes Ruderboot, ich sehe ein paar Planen, Gerätschaften, Eimer, Seile.«

»Sollen wir reingehen? Oder lieber noch eine Weile draußen warten?« Bob schaute die anderen fragend an.

»Wir gehen rein«, beschloss Justus.

Als sie jedoch vor dem landseitigen Eingang standen und Justus schon den schweren Metallriegel zurückschieben wollte, hielt ihn Bob zurück.

»Warte! Da!«

Der Erste Detektiv sah es sofort. Eine hauchdünne Schnur – vielleicht ein Haar –, die knapp über dem Boden quer über den Spalt zwischen den beiden Flügeltüren verlief. Öffnete jemand einen Flügel der Tür, würde die Schnur unbemerkt reißen.

Justus kniete sich hin. Rechts und links war die Schnur um verrostete Reißnägel gewickelt. »Da möchte einer wissen, ob sich jemand in seiner Abwesenheit Zutritt verschafft hat.«

»Wartet kurz!« Peter rannte um das Bootshaus herum und war nach wenigen Augenblicken wieder da. »Hinten dasselbe. Auch eine Schnur.«

»Das Haus scheint doch nicht so verlassen zu sein, wie es den Anschein macht.« Justus wickelte die Schnur von einem der beiden Reißnägel ab. »Die müssen wir nachher wieder dranmachen.« Dann stand er auf, hob den Riegel an und öffnete den rechten Türflügel.

Sie blickten in staubiges Dämmerlicht. Wie die Wände bestand der Boden der Hütte aus rohen Holzplanken. Ein paar der Dachschindeln waren gebrochen und ins Innere gefallen. Auch durch diese Lücken drang das Abendlicht.

»Sehen wir uns um.« Justus ging als Erster in die Hütte. Aber auch in dem Bootshaus gab es nichts, was irgendwie auffällig gewesen wäre. Die Jungen drehten alles um, was sich bewegen ließ, stöberten in jedem Winkel. Da war nichts. Es fand sich daher auch kein Anhaltspunkt dafür, warum jemand die Schnüre vor die Eingänge gespannt hatte. Das Bootshaus machte vielmehr den Eindruck, als hätte es seit ewigen Zeiten niemand mehr betreten. Das einzig einigermaßen Bemerkenswerte waren die Planen im Ruderboot. Ein bisschen sah das Ganze nach einem Bett aus. Aber nur mit sehr viel Fantasie.

»Fehlanzeige.« Justus schüttelte den Kopf. »Wenn, dann war das wirklich lediglich ein Treffpunkt. Zu dem niemand gekommen ist.«

Jojo sah sich enttäuscht um. Während die drei ??? noch einen letzten Blick durch die Hütte schweifen ließen, wandte er sich dem Ausgang zu. Urplötzlich blieb er wie angewurzelt stehen und schrie erschrocken auf.

»Ihr seid keine Außerirdischen! Niemals!« Eine keckernde, blecherne Stimme tönte durch die Hütte.

Die drei Detektive wirbelten herum. Und trauten ihren Augen kaum: Ein Mann stand im Eingang! Nein, eher ein Männlein. Dünn, nahezu mickrig, auf dem Kopf ein paar Haare, die eher Federn glichen, und kleiner als Jojo. Ein verschlissener blauer Kittel schlabberte um seine staksigen Beine und an den Füßen trug er keine Schuhe, sondern lief auf Strümpfen. Aber das Auffälligste war seine Brille: Um kreisrunde Gläser rankten sich mindestens ein Dutzend kleiner Lämpchen, die in allen Farben blinkten. Eine Art … Weihnachtsbrille.

»Ihr sucht bestimmt das da, nicht wahr?« Das Männchen

hopste schnurstracks an den verdatterten Jungen vorbei zu einer der Wände. Oben, in einem dunklen Winkel zwischen zwei Balken, hing eine alte, verwaschene Jacke, der die Jungen vorher keine weitere Beachtung geschenkt hatten. »Ha! Das hat der Außerirdische hiergelassen. Aber Gravedigger hat ihn dabei beobachtet. Jaha!«
»Sie sind ...«, Justus fand als Erster seine Sprache wieder, »... Mr Gravedigger?« Der Mann nannte sich *Totengräber*?
»Ohne Mister. Nur Gravedigger.«
»Und ein ... Außerirdischer hat etwas hiergelassen?« Peter betrachtete die Jacke. Es war einfach nur eine alte Jacke.
»Jaja! Kam hier vor zwei Tagen rein und hat sein Auge da oben an den Balken genagelt. In mein Haus!«
»Sein ... Auge?« Bob überlief ein Schauer.
»Ein weißes Auge aus Metall. Jawohl!«
»Und woher wissen Sie, dass das ein Außerirdischer war?«, erkundigte sich Justus.
»Na!« Gravedigger sah ihn an, als könnte der Erste Detektiv nicht bis drei zählen. »Hut, Sonnenbrille, Regenmantel und schwarze Schuhe – wenn das kein Außerirdischer war!« Er überlegte kurz. »Obwohl – vielleicht war er auch von der Mafia? Oder der NTSA? Nein, außerirdisch, ganz bestimmt!«
»NTSA?« Peter machte ein verdutztes Gesicht.
»National Top Secret Agency! Was denn sonst?«
Die drei ??? warfen sich vielsagende Blicke zu. Der Mann war doch ziemlich ... besonders. Und besaß offenbar eine sehr ausgeprägte Fantasie.
»Sie wohnen hier?«, fragte Bob zaghaft.
»Trautes Heim – Glück allein.« Gravedigger zeigte stolz um

sich und kicherte leise, wurde aber sofort wieder ernst. »Eure Schuhe!«
Peter sah an sich hinab. »Was ist damit?«
»Schuhe sind alle verwanzt. Für die Bewegungsprofile der CIA. Die sind euch sicher schon auf den Fersen. Ihr müsst von hier verschwinden!«
Das erklärt, warum er in Socken herumläuft, dachte Justus. Er griff nach der Jacke, um sich das »Auge« darunter anzusehen.
»Nicht!«, rief Gravedigger und fiel ihm in den Arm. »Dann sieht er uns doch. Mann! Erst fragen, dann tun.«
»Entschuldigung. Aber wieso sieht er uns dann?«
»Außerirdischenauge. Sieht alles. Immer.«
Justus nickte, ohne zu verstehen. »Aber Sie hat er nicht gesehen … damit?«
»Ich habe mich von der Seite angeschlichen und die Jacke drübergeworfen. Keine Chance für das Auge.«
»Verstehe. Konnten Sie denn noch irgendetwas erkennen außer dem Auge, dem Regenmantel, den schwarzen Schuhen, der Sonnenbrille und dem Hut?«
Gravediggers Gesicht leuchtete auf. »Wahnsinn! Das hast du dir alles gemerkt?«
»Wir sind Detektive«, informierte ihn Peter in der Hoffnung, dass dieser Umstand sie dem Mann sympathischer machte. »Wir arbeiten an einem Fall. Und müssen uns daher alles einprägen, was wichtig sein könnte.«
»Detektive? So echt mit Lupe und so?« Gravedigger musterte die vier Jungen anerkennend. »Wow! Dass ihr keine Außerirdischen seid, wusste ich gleich. Aber Detektive? Das hätte ich nie gedacht. Und ist der Außerirdische auch wichtig?«

»Sehr wichtig!« Bob machte eine bedeutsame Miene.

»Na dann!« Gravedigger klatschte in die Hände. »Kommt mit. Ich zeige euch, wo er wohnt.«

»Sie wissen, wo er wohnt?!«

Der Außerirdische

Ohne eine Antwort lief Gravedigger zur Tür des Bootshauses. Justus nutzte die Gelegenheit, um doch einen schnellen Blick unter die Jacke zu werfen. Was er dort oben sah, erstaunte ihn sehr. Nachdenklich folgte er den anderen ins Freie.

»Was war unter der Jacke?« Peter hatte Justus' Aktion bemerkt.

»Eine Webcam. Eine kleine, weiße, runde Webcam.«

»Eine Webcam?«, echote Bob. »Hier? Wozu?«

Auch Jojo sah überrascht drein. »Von wem ist die?«

Justus zuckte die Schultern und zeigte unschlüssig auf Gravedigger. »Von einem Außerirdischen.«

Sie mussten nach Pacific Palisades. Dorthin war Gravedigger dem »Außerirdischen« vor zwei Tagen gefolgt. Allerdings gestaltete sich der Weg etwas beschwerlich. Der Unbekannte war nach Gravediggers Angaben zunächst zu Fuß unterwegs gewesen und der kleine Mann war ihm mit seinem Tretroller gefolgt. Dann hatte er den Bus in die Bashford Street genommen. Gravedigger war hinten eingestiegen. Mit seinem Tretroller. Und dann war der Außerirdische in ein großes Haus gegangen.

Die Jungen boten Gravedigger natürlich an, mit dem Auto in die Bashford Street zu fahren. Aber das kam für den überhaupt nicht infrage. Autos seien noch viel schlimmer als Schuhe. Überall Wanzen. Also legten alle außer Bob, der seinen Käfer nicht zurücklassen wollte, den Weg zu Fuß, per Bus und natürlich per Tretroller zurück.

Über ihre Handys fanden die Jungen in Pacific Palisades schließlich wieder zusammen. Das Haus, in dem der »Außerirdische« verschwunden war, erwies sich als ein fünfstöckiger, grauer Kasten, in dem den Klingelschildern am Eingang zufolge etwa 20 Mieter wohnten. Justus überflog die Namen: F. Jenkins, B. Miller, R. Dawson, A. Delaney, W. Weissman, L. Litt, H. Specter … Im Augenblick konnte er mit keinem der Namen etwas anfangen.

»Sind Sie ihm auch ins Haus gefolgt?«, fragte Peter Gravedigger.

»Nein!« Der Mann wich erschrocken zurück. »Das hätte ja auch eine Falle sein können. Nachher warten seine Klone da drin, nehmen mich gefangen und bringen mich auf ihren Planeten, um irgendwelche Versuche mit mir anzustellen!«

»Verstehe. Würden Sie denn mit uns zusammen da reingehen? Wir sehen uns mal ein bisschen um und vielleicht läuft uns der Außerirdische ja über den Weg und Sie erkennen ihn wieder? Wir beschützen Sie.«

Gravedigger überlegte. »Seid ihr kampferfahren?«

»Unbedingt!« Peter sah grimmig drein.

»In Ordnung. Auf in die Klonburg!«

Die Eingangstür des Mietshauses war offen, die Jungen mussten sie nur aufdrücken. Gleich dahinter lag eine schummrige Vorhalle. Rechts an der Wand hingen die Briefkästen der Mieter, dahinter kamen die Aufzüge und am Ende der Halle führte eine Treppe nach unten in den Keller und eine andere nach oben zu den Wohnungen. Nur von dorther drang das schwindende Tageslicht in den Eingangsbereich. Bob drückte auf den Lichtschalter neben der Tür. Die Lampen gingen nicht an.

»Und jetzt?« Peter sah sich im Halbdunkel um.
Justus ging langsam durch die Halle. »Wie du schon sagtest: Wir schauen uns mal um.«
»Wonach? Einem Raumschiff?«
Der Erste Detektiv warf seinem Freund einen ungnädigen Blick zu, sagte aber nichts.
Über einem der Aufzüge leuchtete ein Etagenlicht auf. Jemand stieg im dritten Stock ein. Dann fuhr der Aufzug nach unten.
»Los!« Justus deutete zur Kellertreppe. »Ihr geht alle da runter. Wenn uns fünf jemand hier sieht, könnte er einen falschen Eindruck bekommen. Mr ... äh ... Gravedigger, würden Sie mit mir zum Eingang kommen? Wir tun so, als kämen wir gerade rein.«
»Verstehe. Gute Taktik!«
Peter, Bob und Jojo liefen nach hinten und versteckten sich unterhalb des Treppenabsatzes.
»Und wenn er in den Keller will?«, fiel Jojo ein.
Peter zuckte mit den Schultern. »Hoffen wir, dass das nicht der Fall ist.«
Als Justus und Gravedigger den Eingang erreicht hatten, warteten sie kurz und gingen genau in dem Moment zurück in die Halle, als sich die Aufzugtüren öffneten. Eine Frau stieg aus und kam in ihre Richtung. Erst als sie auf Höhe der Briefkästen an ihnen vorbeilief, konnte sie der Erste Detektiv im Halbdunkel etwas genauer erkennen. Sie war um die fünfzig, hatte dunkle, mittellange Haare und trug eine Brille.
»Guten Tag!«
»Hallo!« Die Frau musterte sie irritiert, blieb sogar kurz stehen und drehte sich um. Angesichts der Erscheinung von

Gravedigger kein wirklich ungewöhnliches Verhalten. Dann ging sie langsam zu den Briefkästen.
Justus setzte seinen Weg fort, als wüsste er genau, wohin er wollte. Gravedigger trabte, seinen Tretroller unter dem Arm, hinterdrein.
Ein Luftzug ging durch die düstere Vorhalle. Da Justus aus dem Augenwinkel sah, wie die Frau vor den Briefkästen in ihrer Handtasche herumwühlte, konnte das nur bedeuten, dass jemand anderes die Tür geöffnet hatte. Er drehte sich um, Gravedigger ebenfalls.
Ein Mann mit Hut kam herein. Ganz kurz drehte er den Kopf zu den beiden, hielt inne und sah dann nach rechts. Zögerlich schlenderte er zu den Briefkästen. Dort grüßte er die Frau, die immer noch mit ihrer Handtasche zugange war, schaute zu den Briefkästen, blickte wieder die Frau an. Justus hatte nicht den Eindruck, dass der Mann nach seiner Post sehen wollte. Er zog auch keinen Schlüssel hervor. Die Frau klappte ihre Handtasche zu, schaute noch einmal verstohlen zu Gravedigger, murmelte etwas zum Abschied und ging dann zum Ausgang. Der Mann drehte sich um und sah ihr hinterher.
Gravedigger schob seinen Kopf nach vorne. Ganz langsam, wie in Zeitlupe, hob sich sein Arm. »Das ist er!«, flüsterte er. »Das ist der Außerirdische. Oder sein Klon.«
»Sind Sie sicher?«, fragte Justus leise.
»Natürlich! Siehst du denn nicht seine schwarzen Schuhe und den Hut?«
»Mr Gravedigger, nur weil jemand einen Hut trägt und schwarze Schuhe anhat, muss das doch nicht –«
»Das ist er! Ich weiß es!«

Justus zögerte. Ja, der Mann benahm sich etwas eigenartig. Aber was sollte er tun? Er machte einen Schritt nach vorne und sprach den Fremden an. »Guten Tag. Könnten Sie mir vielleicht –«
Ohne Justus zu beachten, setzte sich der Mann in Bewegung und lief Richtung Tür.
»Ähm, hallo? Entschuldigen Sie bitte!«
Justus war anscheinend Luft für den Mann. Er sah sich nicht einmal um. An der Tür angekommen, streckte er den Arm aus und wollte sie aufdrücken. Doch sie ging nach innen auf und der Mann prallte mit Wucht gegen das Türblatt. Etwas fiel zu Boden und klimperte leise. »Au! Verdammt!« Er trat zurück, zog die Tür zu sich und ging nach draußen.
Der Erste Detektiv zauderte. Irgendetwas Merkwürdiges war hier gerade vor sich gegangen. Aber er konnte im Augenblick nicht sagen, was.
»Los, los, los«, rief Gravedigger. »Er entkommt euch!«
Peter, Bob und Jojo kamen die Kellertreppe heraufgehastet. Sie hatten die Szene und das Gespräch mitbekommen.
»Just, worauf wartest du? Das ist unser Mann!« Peter lief an ihm vorbei.
Justus nickte. »Ja. Komme schon.«
Der Zweite Detektiv trat auf den Bürgersteig und sah nach rechts und links. »Da vorne steht er.« Er deutete die Straße hinab. »Da, neben dem ... Jetzt haut er ab!«
Kaum hatte Peter mit dem Finger auf den Mann gezeigt, hatte der sich umgedreht und zu laufen begonnen.
»Den kriegen wir!«
Peter und Bob rannten los. Aber Justus blieb stehen. Ein paar

Meter weiter stand die Frau, die ihnen eben in der Vorhalle begegnet war. Sie betrachtete die Auslage eines Gemüseladens und nahm sich gerade eine Paprika. Der Erste Detektiv ging zu ihr, Jojo und Gravedigger folgten ihm.

»Entschuldigen Sie bitte?«

Die Frau drehte den Kopf. Kurz sah sie Justus an, dann fiel ihr Blick erneut auf Gravedigger. »Ja?«

»Dürfte ich Sie fragen, ob Sie den Mann kennen, der gerade neben Ihnen an den Briefkästen stand? Wohnt er auch in dem Haus?«

Die Frau machte ein erstauntes Gesicht. »Wieso möchtest du das denn wissen?«

Justus holte eine ihrer Visitenkarten hervor und reichte sie der Frau. »Wir ermitteln in einem Fall, in dem dieser Mann womöglich eine Rolle spielt.«

»*Ihr* ermittelt?« Schmunzelnd betrachtete die Frau die Karte. »Detektive, soso! Ihr seid ja eine nette Truppe.« Sie nickte Jojo und Gravedigger zu, der sie kritisch beäugte. »Aber nein, ich kenne den Mann nicht.« Sie gab Justus die Karte zurück.

»Behalten Sie sie bitte. Und wenn Sie dem Mann noch einmal begegnen, wäre es sehr nett, wenn Sie uns davon in Kenntnis setzten.«

»Mal sehen.« Die Frau lächelte, legte die Paprika zurück, drehte sich um und ging.

Da Peter und Bob nirgendwo zu sehen waren, lief Justus zurück zum Eingang des Mietshauses und hob das auf, was dem Mann vorher zu Boden gefallen war. Es war ein runder Ansteck-Button in den Farben Grün, Braun und Rot. *Vote for Vince*, stand darauf zu lesen. Ein Werbe-Button für Vince

Buchanan, der in einigen Tagen zum neuen Gouverneur von Kalifornien gewählt werden wollte.

»Hat das vorhin so geklimpert?«, fragte Jojo.

Justus wog den Button in seiner Hand und nickte nachdenklich.

Alaska

Wenige Minuten später waren Peter und Bob zurück.
»Er ist in ein Taxi gestiegen«, sagte Peter außer Atem.
»Mist!«
Bob holte ein paar Mal tief Luft. »Sie könnten recht gehabt haben.« Er sah Gravedigger an. »Vielleicht war das wirklich der Mann, den Sie im Bootshaus gesehen haben. Warum hätte er sonst vor uns beziehungsweise vor Ihnen davonlaufen sollen?«
»Viele fliehen, wenn man mit dem Finger auf sie zeigt«, wandte Justus ein. »Außerdem ist nicht gesagt, dass er uns oder Gravedigger am Bootshaus gesehen hat. Ich frage mich viel eher, was er hier wollte.«
»Na, er wohnt wahrscheinlich hier«, sagte Peter.
»Tut er nicht. Ansonsten hätte er gewusst, wie die Tür aufgeht. Und die Frau, die vielleicht tatsächlich hier wohnt, hat ihn noch nie gesehen.« Der Erste Detektiv berichtete seinen Freunden von der Unterhaltung vor dem Gemüseladen.
»Hm«, machte Bob. »Das ist wirklich etwas seltsam. Vielleicht hat er uns doch am Bootshaus gesehen und ist uns hierher gefolgt? Oder Gravedigger?«
»Mir?« Gravedigger blickte sich nervös um. »Ihr denkt, die sind hinter mir her? Ist er doch von der Mafia?«
»Oder es war einfach nur irgendein Mann«, meinte Justus.
»Das war der Außerirdische«, beharrte Gravedigger. »So wahr ich hier stehe! Er war es!«
Der Erste Detektiv machte eine vage Geste. Ein Außerirdi-

scher war das sicher nicht gewesen. Trotzdem ging ihm der Mann nicht aus dem Kopf. Dazu hatte er sich zu sonderbar benommen. »Lasst uns in die Zentrale fahren, Kollegen, und die bisherigen Erkenntnisse zusammenfassen.«

Die drei ??? verabschiedeten sich von Gravedigger, setzten Jojo zu Hause ab und fuhren zum Schrottplatz der Familie Jonas, wo Justus seit dem Tod seiner Eltern vor vielen Jahren bei seiner Tante Mathilda und seinem Onkel Titus lebte. In der Zentrale der drei ???, einem ausgedienten Wohnanhänger, der sich unter einem Berg Altmetall versteckte, setzte sich Justus an den Schreibtisch, schaltete die Lampe ein und fuhr den Computer hoch. Bob schnappte sich Papier und Stift, und Peter sah nach, was der Kühlschrank zu bieten hatte. Eine halbe Packung Orangensaft und einen Rest Pizza.

»Die Pizza ist von vorgestern«, meinte Bob mit einem Seitenblick.

Peter zuckte nur die Schultern und biss hinein.

Während Bob alle Aspekte, die ihnen zum gegenwärtigen Zeitpunkt für den Fall wichtig erschienen, übersichtlich auf dem Blatt zusammenstellte, recherchierte Justus im Internet. Er hatte keine genaue Vorstellung davon, wonach er suchte, sondern gab einfach Stichwörter ein und ließ sich von dem überraschen, was die Suchmaschine zutage förderte. *Beretta, Seadevil, AKN.*

Bob blickte derweil auf seine Notizen. »Also, das haben wir bis jetzt: den Rätsel-Brief an J. Carmichael, den Mann, der ihn klauen wollte, den Mann im Mietshaus, die Notizen aus der Redaktion, die Infos aus der *New York Times* und die Webcam im Bootshaus. Das ist nicht wirklich viel.«

»Ach ja.« Der Erste Detektiv griff in seine Hosentasche. »Das hier muss noch auf die Liste. Das ist dem Mann im Mietshaus runtergefallen, als er gegen die Tür gerannt ist.«
Peter und Bob betrachteten den Anstecker.
»Ein Werbe-Sticker für Vince Buchanan.«
»Dieser Gouverneurs-Kandidat?«, fragte Peter.
»Der Mann muss ein Fan von Buchanan sein«, sagte Bob. »Aber davon gibt es jede Menge, das hilft uns nicht weiter.«
Justus nickte. Mittlerweile war er bei *AKN* angekommen. »AKN«, las er vor, »ist unter anderem die Abkürzung für eine Gesundheitsorganisation und für eine Eisenbahngesellschaft in Deutschland. Kann jemand von euch damit was anfangen?«
»Ich habe das Kürzel mal auf einer Kopfhörer-Verpackung gelesen«, fiel Peter ein.
»Du meinst ANC. Active Noise Cancelling«, korrigierte Justus. »Aktive Geräusch-Unterdrückung.« Er rief die nächste Suchseite auf. Und zog die Stirn in Falten. »AKN ist auch der Flughafencode für Naknek.«
»Knickknack?«, witzelte Peter.
»Naknek. Eine Hafenstadt in Alaska.«
Bob sah auf. »Alaska?«
»Schon wieder Alaska.« Peter legte die Pizza auf den Schreibtisch und beugte sich zum Monitor. »*AKN 6:30*, das stand auf dem Zettel, oder?«
»Könnte eine Abflugzeit sein«, meinte Justus. »Oder eine Ankunftszeit. Wartet.« Er rief eine Seite auf, die die Flugverbindungen von Los Angeles nach Naknek zeigte. »Hier!« Justus deutete auf den Eintrag. »Es ist die Ankunftszeit. Zwei-

mal pro Woche geht eine Maschine von L. A. nach Naknek, die um halb sieben abends dort landet.«
»Hm. Vielleicht ist es das. Vielleicht ist Mr Carmichael dorthin geflogen«, überlegte Bob.
»Könnte sein.« Justus fiel etwas ein. »Der Artikel in der *New York Times*, Bob. Du sagtest, da wurde Giftmüll ins Meer vor Alaska gekippt?«
»Ja.«
»Stand da auch, wo genau?«
Bob dachte nach. »Ja, warte, da ist von einer Bucht die Rede gewesen. Ketchup Bay oder so ähnlich.«
»Kvichak Bay?«
»Genau! Das war's! Kvichak Bay. Dort wurde die Dünnsäure gefunden.«
Der Erste Detektiv rief online eine Karte von Alaska auf und suchte nach der Bucht. »Hier unten ist sie. Im Südwesten Alaskas.« Er zeigte mit dem Finger auf die Stelle und fuhr dann ein wenig nach rechts. »Und jetzt seht mal, was wir da haben.«
Peter und Bob staunten.
»Naknek! Die Stadt von Mr Carmichaels Zettel liegt an dieser Bucht.« Der Erste Detektiv überlegte und sah dann Bob an. »Aber in dem Artikel stand nichts davon, wen man hinter der Verklappung vermutet?«
»Verklappung?«, fragte Peter.
»So nennt man die illegale Entsorgung von Müll in Gewässern.«
»Nein, das hätte ich mir gemerkt«, antwortete Bob.
»Vielleicht musste die *New York Times* damals vorsichtig sein

und wollte keine Anklage wegen übler Nachrede beziehungsweise Verleumdung riskieren«, sagte Justus und rief erneut die Suchmaschine auf. Dort gab er jetzt die Wörter *Müllentsorgung* und *Naknek* ein. Sekundenbruchteile später wurden die Ergebnisse aufgelistet.

»Das ist doch –« Peter starrte auf den ersten Eintrag. »*Buchanan Enterprises. The Recycling Company.*« Er schaute seine Freunde an, denen ebenfalls die Verwunderung ins Gesicht geschrieben stand.

»Wieso hat Vince Buchanan eine Firma in Alaska?«, wunderte sich Bob.

»Das an sich ist nicht ungewöhnlich«, sagte Justus. »Viele erfolgreiche Politiker sind in der Wirtschaft tätig. Viel erstaunlicher finde ich die Tatsache, dass seine Firma ausgerechnet in Naknek ansässig ist. An der Bucht, in die einst Giftmüll ausgebracht wurde, was in einem fünfundzwanzig Jahre alten Artikel steht, auf den Jeremiah Carmichael jetzt in verschlüsselter Form hingewiesen wird, der seinerseits womöglich nach Naknek geflogen ist. Das sind durchaus –«

»Justus! Juuuustus!«

Die drei Jungen fuhren hoch. Tante Mathilda! Und ihrer Stimme nach zu urteilen war sie in heller Aufregung.

»Was ist da los?«, entfuhr es Peter.

»Kommt mit!« Justus eilte aus dem Wohnwagen, Peter und Bob folgten.

Sie fanden Tante Mathilda mitten auf dem nächtlichen Schrottplatz. In Bademantel, Latschen und mit Lockenwicklern im Haar. Aufgeregt fuchtelte sie mit den Händen herum und zeigte dabei immer wieder zum Haus.

»Ihr seid alle drei da! Das ist gut. Da oben!« Erneut deutete sie zum Haus. »Auf dem Dachboden! Da ist wer!«
»Da ist jemand auf dem Dachboden?«
»Ja doch! Ich hab's ganz deutlich gehört, als ich in der Werbepause den Ton – ach, egal. Da ist jemand!«
Justus winkte seinen Freunden. »Sehen wir nach.«
Die drei Jungen liefen ins Haus, erklommen die Stufen zum ersten Stock und hangelten sich dann nacheinander die schmale Leiter zum Dachboden hinauf.
Als Erster oben drückte Justus auf den Lichtschalter. Aber es blieb dunkel. »Mist!« Er sah nach unten. »Peter, wir brauchen eine Taschenlampe.«
»Kommt sofort.«
Wenig später standen alle drei Jungen auf dem muffigen Dachboden und folgten dem Schein einer Taschenlampe, den Justus langsam durch die staubige Dunkelheit gleiten ließ. Es war mucksmäuschenstill.
»Wo ist eigentlich dein Onkel?«, fragte Bob.
»Südkalifornisches Schrottplatzbesitzer-Treffen«, antwortete Justus.
»Also ordentlich einen trinken«, grinste Peter.
»Seht ihr was?«, rief Tante Mathilda von unten.
»Da ist nichts.« Justus machte ein paar Schritte nach vorne.
»Aber da war jemand. Ich bin mir ganz sicher! Da waren Schritte!«
Plötzlich zuckte Peter zusammen. »Da! Dahinten!«
Justus riss die Taschenlampe herum und wurde von dem Licht geblendet. »Ein alter Spiegel.«
»Aber daneben. Da steht doch jemand.«

»Nein, das ist eine Kleiderpuppe mit einem uralten Halloween-Kostüm von Onkel Titus.«
Peter atmete auf. »Du hast recht. Das sah aber wirk–«
Da fiel etwas mit einem lauten Scheppern zu Boden und zerbrach klirrend in tausend Teile.

Seeteufel

Die Jungen folgten dem Geräusch. Eine alte Teekanne war heruntergefallen und zerbrochen. Doch auch nach einer Viertelstunde intensiver Suche fand sich nichts und niemand, der dafür oder für die Schritte, die Tante Mathilda gehört haben wollte, hätte verantwortlich sein können.
»Aber so eine Kanne fällt doch nicht von alleine runter«, meinte Peter.
»Vielleicht ein Mini-Beben«, sagte Justus. »Kommt in unserer Region ja durchaus öfter vor.«
»Mini-Beben!« Der Zweite Detektiv schnaubte und hob verächtlich die Brauen.
Die drei Jungen verließen den Dachboden. Da es mittlerweile schon spät geworden war, fuhren Peter und Bob nach Hause. Und auch Justus musste weitere Nachforschungen auf den nächsten Tag verschieben. Angesichts der seltsamen Geräusche wollte sich Tante Mathilda nicht allein im Haus aufhalten und bat ihren Neffen, sich mit ihr eine Spiele-Show anzusehen.

Beim Frühstück am nächsten Morgen waren die Geräusche vom Dachboden immer noch Thema. Onkel Titus, reichlich übermüdet, weil er erst am frühen Morgen nach Hause gekommen war, versprach seiner Gattin, heute bei Tageslicht noch einmal alles genau zu inspizieren. Justus bekam das Gespräch mit, als er über den Flur lief. Er betrat die Küche, rollte sich drei Pfannkuchen, goss sich ein Glas Milch ein und wollte sich dann wieder aus dem Staub machen, bevor seiner Tante noch

irgendeine Aufgabe einfiel, die er im Zusammenhang mit der nächtlichen Ruhestörung übernehmen sollte.
»Wo willst du denn hin?« Tante Mathilda zeigte mit dem Eierlöffel auf ihn.
»Aufräumen! In unserem Wohnwagen muss unbedingt mal wieder für Ordnung gesorgt werden.«
»Na gut.« Gegen Aufräumen hatte Tante Mathilda selten etwas einzuwenden.
Kaum war Justus allerdings in der Zentrale angekommen, klingelte das Telefon. »Justus Jonas von den drei Detektiven. Was kann ich für Sie tun?«
»Justus!« Jojo war am Apparat. »Es gibt einen zweiten Rätselbrief! Er war heute Morgen im Briefkasten!«
»Konntest du ihn mit unserem Alphabet entschlüsseln?«
»Ja. Da steht wieder HEUTE 6 PM und ein Datum. Aber mit dem Datum können weder Mum noch ich etwas anfangen.«
»Wir sind auf dem Weg.«
Der Erste Detektiv informierte Peter und Bob, der fünfzehn Minuten später mit seinem Käfer vor dem Schrottplatz hielt. Fast gleichzeitig kam Peter an, stellte sein Rad ab und stieg hinten in den Käfer ein, während Justus vorne Platz nahm.
»War er wieder an J. Carmichael adressiert?« Peter leckte sich über die Finger und klebte eine widerspenstige Haarsträhne an. Zum Frisieren war keine Zeit mehr gewesen.
»Ich gehe davon aus«, erwiderte Justus.
Als die drei Detektive kurze Zeit später an der Haustür der Carmichaels klingelten, öffnete ihnen Jojos Mutter.
»Guten Morgen. Die Sache wird allmählich doch etwas unheimlich.« Sie wedelte mit dem Brief. »Eigentlich würde ich

jetzt die Polizei einschalten, aber Jojo bat mich, auf euch zu warten. Kommt rein.«

Die drei folgten Mrs Carmichael ins Wohnzimmer, wo Jojo ungeduldig hin- und herlief. »Mum wollte schon die Polizei rufen, aber –«

»Habe ich ihnen gerade gesagt«, unterbrach Mrs Carmichael ihren Sohn.

»Darf ich?« Justus streckte die Hand nach dem Brief aus.

»Du darfst.« Mrs Carmichael gab ihm das Schreiben.

»Sind Sie denn auch darüber informiert, was wir gestern noch unternommen haben?«, fragte der Erste Detektiv, während er, Peter und Bob sich die Nachricht ansahen. Wie schon die erste, begann sie mit einem Datum.

»Jojo hat es mir erzählt.«

»Eine Frage.« Justus schaute die Frau aufmerksam an. »Arbeitet Ihr Mann zufällig an einer Story über Vince Buchanan?« Der Gedanke war dem Ersten Detektiv gestern beim Einschlafen gekommen.

Mrs Carmichael wirkte sichtlich überrascht. »Wie kommst du … Das darf ich dir nicht sagen.«

»Also ja.« Justus sah wieder auf den Brief.

»Nein! Also … ich habe das nicht gesagt!«

Bob blickte nun ebenfalls auf. Ihm war eine Idee gekommen.

»Mrs Carmichael. Wenn Sie nichts über die Arbeit Ihres Mannes sagen dürfen, dann könnten wir doch vielleicht so verfahren, dass Sie auf unsere Fragen nichts sagen, wenn die Antwort Ja lauten müsste, und wir das als Zustimmung verbuchen.«

»Äh, das verstehe ich nicht.«

»Nun, ich frage Sie beispielsweise, ob Ihr Mann beim *Califor-*

nian Spectator arbeitet, und Sie sagen dazu nichts. Das werten wir dann als ein Ja. Aber da Sie nichts gesagt haben, kann man Ihnen nicht ankreiden, Sie hätten Geheimnisse ausgeplaudert.«

Mrs Carmichael überlegte. »Jetzt weiß ich, was du meinst.« Sie zögerte, sagte dann aber: »Was wollt ihr wissen?«

»Ist Ihr Mann nach Alaska geflogen, genauer gesagt nach Naknek?«

Mrs Carmichael schwieg ausdruckslos. Nur ein winziges Zucken in ihrem Augenwinkel verriet ihre Anspannung.

»Gut. Hat er seine Beretta mitgenommen?«

»Ich weiß es nicht.« Sie schluckte.

Justus mischte sich ein. »Arbeitet er an einer Story über Vince Buchanan?«

Abermals schwieg sie.

»Heißt das Hotel, in dem er in Naknek abgestiegen ist, *Seadevil*?«, wagte Peter einen Schuss ins Blaue.

Mrs Carmichael zögerte und sagte schließlich: »Nein, das Schiff.«

»Er wohnt auf einem Schiff?«

Mrs Carmichael sagte nichts.

Bob sah sich im Wohnzimmer um. »Haben Sie einen Computer mit Internetanschluss? Und könnte ich da mal kurz etwas überprüfen?«

»Ich habe einen in meinem Zimmer«, rief Jojo. »Komm!«

Justus, der sich wieder in das Schreiben vertieft hatte, knetete seine Unterlippe und murmelte leise etwas vor sich hin.

»Und?« Mrs Carmichael nickte zu dem Brief. »Sagt euch das Datum etwas?«

»Der 10. August vor 24 Jahren. Nein.« Der Erste Detektiv schüttelte den Kopf. Hätten Sie bitte was zum Schreiben für mich?«
Mrs Carmichael ging zu dem Schreibtisch im Erker und brachte dem Ersten Detektiv Papier und einen Kugelschreiber.
»Danke.« Justus überprüfte, ob Jojo den restlichen Text richtig dechiffriert hatte. »HEUTE 6 PM.« Er nickte.
Peter dachte kurz nach. »Wenn HEUTE 6 PM den Zeitpunkt angibt, aber diesmal kein verschlüsselter Ort dabeisteht, könnte das Datum etwas mit dem Treffpunkt zu tun haben. Oder der ist wieder das Bootshaus.«
»Ich denke eher Ersteres. Und Sie haben wirklich keine Vermutung, was es mit diesem 10. August vor 24 Jahren auf sich haben könnte?« Der Erste Detektiv sah Mrs Carmichael an.
»Nein, nichts. Ich überlege schon die ganze Zeit, aber mir fällt dazu rein gar nichts ein.«
»Dann sollten wir auch das im Internet überprüfen.«
Mrs Carmichael kniff die Lippen zusammen. »Ich bring euch zu Jojo.«
Als Justus und Peter das Kinderzimmer betraten, das auf der anderen Seite des Flurs lag, drehte sich Bob auf dem grünen Hocker, der vor Jojos Schreibtisch stand, schwungvoll um. »Ratet mal, wem ein Frachter namens *Seadevil* gehört?« Er deutete über seine Schulter zu einem aufgeklappten Laptop.
»*Buchanan Enterprises* in Naknek«, erwiderte Justus.
»So ist es!«
»Dann hat Mr Carmichael auf diesem Frachter angeheuert«, verstand Peter. »Aber wozu?« Er sah Mrs Carmichael an, doch die schüttelte den Kopf und schwieg.

»Seine Story hat mit Buchanans Unternehmen zu tun, nicht wahr?«, fragte Justus. »*The Recycling Company*. Ihr Mann hat womöglich den Verdacht, dass diese Firma auf illegale Weise ihren Müll los wird. So wie vor fünfundzwanzig Jahren.«

»Oder *seit* fünfundzwanzig Jahren«, ergänzte Bob.

Mrs Carmichael sah zur Seite. Ihre Augen flackerten nervös.

»Im Klartext legt er sich also gerade mit einem der mächtigsten Männer Kaliforniens an«, sagte Peter und fügte leiser hinzu: »Was vielleicht der Grund dafür ist, dass er sich seit vier Tagen nicht mehr meldet.«

»Ich ... kann dazu nichts sagen.« Mrs Carmichael wandte sich um und verbarg ihr Gesicht in den Händen.

»Aber Mum!« Jojo lief zu ihr. »Das ist doch wichtig! Vielleicht ist Dad deswegen was passiert? Oder er steckt deswegen in Schwierigkeiten?«

»Vielleicht steckt er auch nur in einem Funkloch.« Sie versuchte zu lächeln. Es misslang.

»Ein Vier-Tage-Funkloch?« Peters Miene zeigte deutlich, was er von der Idee hielt.

»Oder er hat sein Handy verloren oder es ist kaputt oder seine Handyfirma ist pleitegegangen, was weiß ich!« Mrs Carmichael drehte sich abrupt um. »Vielleicht ist auch alles in bester Ordnung. Das ist sein Job und es steht uns einfach nicht zu, ihm dazwischenzufunken. Wenn wir zu viel Wind machen, fliegt er womöglich auf, und das war's dann!«

»Aber vielleicht ist auch gar nichts in Ordnung, Mum, und wir müssen ihm helfen. Das kann doch auch sein!« Jojo sah seine Mutter flehend an.

Sie strich ihm sanft über den Kopf und lächelte erschöpft.

»Lass uns noch ein, zwei Tage warten, mein Schatz. Dann unternehmen wir was, versprochen!«

Jojo senkte traurig den Blick und erwiderte nichts.

Justus überlegte, ob er noch etwas sagen sollte, ließ es aber. Im Augenblick war alles gesagt. Stattdessen wandte er sich Bob zu. »Gibst du bitte mal den 10. August vor vierundzwanzig Jahren in die Suchmaschine ein.«

Der dritte Detektiv nickte. »Das Datum auf dem Schreiben.« Er tippte die Ziffern ein und ließ sich die Suchergebnisse anzeigen.

An jenem Augusttag vor vierundzwanzig Jahren war natürlich alles Mögliche passiert. Aber als die Jungen den Eintrag auf der dritten Seite entdeckten, war ihnen sofort klar, worauf das Datum hinweisen wollte. An dem Tag hatte ein Kurzschluss ein Feuer in einem Anwesen am Rand von Rocky Beach verursacht. Bei dem Gebäude, das bei dem Brand fast komplett zerstört worden war, handelte es sich um das damalige Domizil der Familie Buchanan ...

Justus, der Außerirdische

Bis zum Zeitpunkt des Treffens am frühen Abend hatten die drei ??? noch reichlich Zeit, die sie für Nachforschungen nutzen wollten. Bob sollte dazu erneut in die Bibliothek fahren, um mehr über Buchanan herauszufinden, während sich Justus und Peter noch einmal beim Bootshaus und in der Bashford Street nach möglichen Hinweisen umsehen wollten. Sie mussten sichergehen, dass sie nichts übersehen hatten. Außerdem würden sie zum Alto Drive fahren. Dort, in einer der vornehmsten Wohngegenden von Rocky Beach östlich des Botanischen Gartens, hatten die Buchanans vor vierundzwanzig Jahren bis zu dem verheerenden Brand an jenem 10. August gewohnt. Anschließend standen wie bei Bob Recherchen zur Person von Vince Buchanan und zu seiner Firma auf dem Plan. Ein Austausch der gesammelten Informationen wurde für drei Uhr in der Zentrale vereinbart.

Als Bob um kurz vor drei dort eintraf, saßen Justus und Peter vor dem Computerbildschirm und waren eben im Begriff, sich einen Film anzusehen.

»Ich dachte, ihr wolltet recherchieren und keinen Filmenachmittag veranstalten?« Bob zog seine Jacke aus und legte sie über einen der Sessel.

»Das tun wir auch«, erwiderte Justus. »Wir wollten uns gerade eine Homestory über Vince Buchanan anschauen.«

»Eine Homestory?« Der dritte Detektiv holte sich einen Stuhl heran.

»Der Fernsehsender *KNTV* war vor zwei Wochen bei ihm zu

Hause«, sagte Peter. »Wahrscheinlich will er sich als normaler Mensch wie du und ich präsentieren, der die Sorgen der kleinen Leute versteht, eine nette Frau hat, einen netten Hund und einen netten Ferrari.«

Bob lachte. »Wie du und ich ist der sicher nicht. Wo wohnt er denn jetzt?«

»In Holmby Hills. St. Pierre Road 87.«

Bob pfiff durch die Zähne. »Nobel, nobel!« Die Adresse westlich von Beverly Hills gehörte zu den begehrtesten in ganz Los Angeles. »Und was ist mit seinem alten Gemäuer am Alto Drive? Konntet ihr da was rausfinden?«

Justus nickte. »Eine Ruine in einem verwilderten Garten. Entweder hat Buchanan bis heute keinen Käufer dafür gefunden oder – wahrscheinlicher – er will das Gelände warum auch immer nicht verkaufen.«

»Oder er hat es verkauft und der Käufer will es so lassen.«

»Möglich, aber unrealistisch. So ein Grundstück lässt keiner brach liegen.« Justus führte den Mauszeiger über das Start-Symbol des Video-Players. »Können wir?«

»Leg los.« Peter nickte.

»Meinetwegen«, sagte Bob. »Dann müsst ihr aber auf meine sensationellen Enthüllungen noch warten.«

»Du hast was Sensationelles?« Peter sah ihn neugierig an.

»Ich denke schon. Aber mach erst du, Just. Film ab!«

Peter sollte mit seiner Vermutung, was das Video betraf, annähernd recht behalten. Vince Buchanan zeigte sich in dem etwa zehnminütigen Film von einer Seite, die bei den meisten Wählern vermutlich als sehr sympathisch wahrgenommen werden würde. Er posierte vor seinem idyllischen Pool im Garten und sagte lächelnd, dass er jeden Morgen eine halbe Stunde schwimme, weil er sonst dazu neige, Fettpölsterchen anzusetzen. Haha, heiteres Gelächter. Er spielte ein Lied auf seinem Saxofon und verkündete anschließend, wie sehr ihn die Musik inspiriere. Er backte Pfannkuchen in seiner Designer-Küche und gab offen zu, dass er leider eine absolute Niete sei, was Kochen anging.

»Mann, ist der nett!«, ätzte Peter und verdrehte die Augen. »Das ist ja kaum auszuhalten.«

Zum Abschluss führte der Film den Zuschauer in die Empfangshalle der imposanten Villa, wo Vince Buchanan neben einer scheußlichen Bronze-Skulptur liebenswürdig in die Kamera winkte und dabei dem Kunstwerk das metallene Haupt tätschelte. Sie habe zu seiner großen Freude den schrecklichen Brand vor vierundzwanzig Jahren heil überstanden, weil sie genauso unverwüstlich sei wie er selbst. Sie sei seine ständige Erinnerung daran, dass man auch schwere Rückschläge meistern könne und einen nichts umwirft. Er habe übrigens seitdem panische Angst vor Feuer, er sei eben auch nur ein Mensch. Haha.

»Blablabla!« Bob verzog das Gesicht.

»Was ist das denn für eine ekelhafte Figur?« Peter zeigte auf die Skulptur, der Buchanan jetzt freundschaftlich zuwinkerte. »Eine Frau mit hundert Schlangen auf dem Kopf. Wer stellt sich denn so was ins Haus?«

»Der Kopf der Medusa«, informierte ihn Justus. »Die Medusa ist eine Figur aus der griechischen Mythologie. Einst war sie sehr schön. Aber sie bekam Ärger mit der Göttin Athene, die sie in ein Ungeheuer mit Schlangenhaaren, glühenden Augen

und heraushängender Zunge verwandelte. Ihr Anblick ließ jeden zu Stein erstarren.«
»Kann ich mir vorstellen.« Peter nickte.
Bob deutete zum Video, wo nun ein junges Pärchen zu sehen war. »Buchanans Sohn und dessen Freundin. Jetzt singt er bestimmt gleich das Loblied auf die Familie. Das Wichtigste der Welt, wäre nichts ohne sie, blabla –«
»Sei mal ruhig.« Justus hielt den Film an und setzte ihn ein Stück zurück.
»Was war denn?«, fragte Bob.
»Habt ihr den Namen gehört?«
»Welchen Namen?«
»Den der Freundin von Neal.«
»Wer ist Neal?« Peter sah ratlos drein.
»Der Sohn.« Justus ließ den Film erneut laufen. Vince Buchanan boxte seinem Sohn, einem blonden Mann mit freundlichem Gesicht, kumpelhaft in die Schulter und wandte sich dann der jungen Frau zu, die neben Neal stand. Sie war dunkelblond, ausgesprochen hübsch und lief auf Krücken.
»... seine Verlobte Claire Delaney, die sich beim Tennisspielen leider den Meniskus verletzt hat.« Der Politiker war das Mitgefühl in Person.
Justus fuhr herum. »Delaney! Habt ihr das gehört?«
»Äh, schon, ja. Wieso?« Peter konnte mit dem Namen gar nichts anfangen, genau wie Bob. »Kennst du sie?«
»Nein, aber der Name stand auf einem der Klingelschilder des Mietshauses.«
»Claire Delaney?«, fragte Bob erstaunt.
»Nein, da stand A. Delaney.«

»Wir sind an den Schildern doch nur vorbeigelaufen«, sagte Peter. »Das kannst du doch unmöglich noch wissen.«

»Ich habe die Namen gelesen.«

»Alle? Und du erinnerst dich nicht nur an *Delaney*, sondern auch an das *A* davor?« Peter wusste natürlich um Justus' phänomenales Gedächtnis, aber das hielt er dann doch nicht für möglich.

»Natürlich. Stand ja da.« Justus schien die Frage nicht zu verstehen.

Der Zweite Detektiv seufzte. »Ich glaube, der wahre Außerirdische in diesem Fall sitzt gerade in unserer Zentrale. Und was hat jetzt A. Delaney mit der Verlobten von Buchanan junior zu tun? Weiß man das auch auf deinem Heimatplaneten?«

Der Erste Detektiv schüttelte den Kopf. »Das entzieht sich im Moment meiner Kenntnis. Aber dass die Namensgleichheit reiner Zufall sein sollte, erscheint mir dann doch sehr unwahrscheinlich.«

»Delaneys gibt es viele«, meinte Bob.

»Trotzdem. Ich glaube, da besteht ein Zusammenhang.« Justus sah Bob auffordernd an. »Und? Was hast du jetzt so Sensationelles gefunden, Bob?«

»Erst noch ihr. Bootshaus, Bashford Street, Buchanan? Irgendetwas Wichtiges?«

Justus schüttelte den Kopf. »Nichts von Bedeutung. Keine interessanten Spuren, keine Hinweise, nichts über Buchanan oder seine Firma, was uns neue Erkenntnisse gebracht hätte. Das einzig Bemerkenswerte ist die Tatsache, dass die Webcam nicht mehr da war.«

»Vielleicht hat Gravedigger sie abgenommen?«

»Kann sein.«
»Okay, jetzt ich. Ihr werdet staunen!« Bob holte ein zusammengefaltetes Blatt Papier aus seinem Block. Es handelte sich um die Kopie einer Zeitungsseite. »Ich bin im Archiv der Bibliothek alle Artikel über Vince Buchanan durchgegangen, die vor fünfundzwanzig beziehungsweise vierundzwanzig Jahren in den hiesigen Zeitungen erschienen sind. Ich dachte, dass sich da vielleicht irgendwelche Verbindungen auftun, die uns weiterhelfen. Und dabei bin ich auf dieses fünfundzwanzig Jahre alte Foto gestoßen.« Er zeigte auf das Blatt.
»Vince Buchanan und zwei seiner engsten Mitarbeiter, die ihn im Kampf um einen Sitz im kalifornischen Parlament unterstützen, Ace Hall und Annabelle Brewster«, las Peter.
»Die Frau war auf dem Scan leider abgeschnitten und das Original der Zeitung gibt es nicht mehr«, sagte Bob. »Aber seht euch den Mann an! Was denkst du, Just?«
Der Erste Detektiv ging näher an die Aufnahme ran. »Könnte das …?«
»Ich glaube schon. Ich habe ihn ja nicht so gut gesehen wie du, aber ich denke, das ist der Typ aus dem Mietshaus!«
Plötzlich kam Unruhe auf. Draußen auf dem Schrottplatz. Sie hörten Stimmen. Die eine von Tante Mathilda, die lauthals schimpfte, und eine andere, die klang wie eine heiß gelaufene Motorsäge. Gravedigger!

Zombie-Alarm

Die drei Jungen liefen durch den Wellblechtunnel und das Kalte Tor hinaus auf den Hof, wo sich ihnen ein kurioser Anblick bot. Tante Mathilda und Gravedigger standen sich im Abstand von wenigen Schritten gegenüber. Tante Mathilda schimpfte wie ein Rohrspatz, wies dabei immer wieder energisch zum Tor und bewegte sich auf Gravedigger zu, der die Arme erhoben und die ausgestreckten Zeigefinger zu einem X gekreuzt hatte und langsam zurückwich.

»Sie verlassen jetzt sofort mein Grundstück!« Tante Mathildas Arm stach Richtung Straße. »Auf der Stelle!«

»Weiche von mir, Zombie!«, befahl Gravedigger und hielt ihr das X entgegen.

»Was unterstehen Sie sich? So eine Frechheit! Machen Sie, dass Sie hier wegkommen.«

»Untote, sieh das Zeichen!«

Tante Mathilda erblickte die Jungen. »Euch schickt der Himmel. Schafft mir sofort dieses ... dieses ... den da vom Hals! Kommt hier rein und beleidigt mich.«

»Vorsicht!«, warnte Gravedigger die Jungen. »Sie hat sich mir als Mathilda Jonas vorgestellt. Drei As im Namen. Ein klarer Beweis dafür, dass sie ein Zombie ist.«

»Unverschämtheit!«

Peter verbiss sich ein Lachen, Bob gluckste.

»Drei As! An zweiter, achter und zwölfter Stelle. So alt ist der Zombie. Zweitausendachthundertzwölf Jahre!«

Auch Justus hatte alle Mühe, ernst zu bleiben.

»Ich gebe Ihnen gleich zweitausendachthundertzwölf Tracht Prügel!« Tante Mathilda sah sich nach etwas um, das ihrer Aufforderung mehr Nachdruck verleihen würde.
»Tante Mathilda«, ging Justus dazwischen. »Bitte. Das ist ein Missverständnis. Wir kennen den ... Herrn.«
Mathilda blieb wie festgefroren stehen. »Ihr ... KENNT diesen ... Menschen?«
»Ja. Und wir kümmern uns um ihn. Bitte. Nimm einfach nicht ernst, was er sagt. Er ist etwas ... eigen.«
»Zombie!«, schleuderte Gravedigger Tante Mathilda entgegen.
»Oh! So ein ...« Tante Mathilda ballte die Fäuste. Gleich würde ihr Dampf aus den Ohren quellen. »Schafft ihn mir aus den Augen. Und ich will diesen Tunichtgut hier nie wieder sehen.« Sie drehte sich auf dem Absatz um und stampfte zum Haus. »Zweitausendachthundertzwölf Jahre! Was denkt der sich eigentlich?«
Gravedigger zeigte ihr noch einmal die gekreuzten Finger, dann wandte er sich zufrieden den Jungen zu. »Abwehrzauber. Hilft fast immer gegen Zombies. Und das hier war ein ganz fieser.«
Peter schüttelte es innerlich vor Lachen. Noch war Zombie Mathilda nicht außer Sicht. Bob biss sich auf die Lippen.
»Das war meine Tante«, informierte Justus den Mann ohne viel Hoffnung, dass das etwas nutzen würde.
»Armer Kerl!« Gravedigger klopfte ihm tröstend auf die Schulter. »Wie hältst du das nur aus?«
»Vergessen wir das. Was können wir für Sie tun? Wie haben Sie uns eigentlich gefunden?«

»Habe rumgefragt. Drei Detektive. Ein Vielmerker, ein Mädchenschwarm, ein Sportler. Rubbish George kannte euch.«
»Aha.« Rubbish George war ein Stadtstreicher, der schon in einige Fälle der drei ??? verwickelt gewesen war. Justus wunderte es nicht, dass er zum Bekanntenkreis von Gravedigger gehörte. »Und wie können wir Ihnen helfen?«
»Nicht ihr mir. Ich euch! Der Außerirdische hat sein Auge abgeholt. Heute Morgen.«
»Das wissen wir schon«, sagte Justus. »Wir waren heute selbst vor Ort.«
Bob, der allmählich wieder in der Lage war, an anderes als Tante Zombie Mathilda zu denken, fiel auf, dass Gravediggers Augen unnatürlich gerötet waren. »Was ist denn mit Ihren Augen passiert?«
»War das der Zombie?«, gluckste Peter.
»Nein, der Außerirdische. Als ich nach Hause kam, stießen wir an der Tür fast aneinander. Ich wollte ihn einsperren, da hat er seine Giftpistole gezogen und mich besprüht. Wahrscheinlich das Extrakt irgendeiner galaktischen Pflanze. Ich hoffe, mir wachsen keine Tentakel aus dem Gesicht.«
»Darf ich mal?« Justus betupfte Gravediggers Stirn mit dem Finger und hielt ihn sich vor die Nase. Dann berührte er damit vorsichtig seine Zungenspitze, atmete sofort heftig aus und leckte über den Ärmel seines T-Shirts.
»Wow, bist du mutig!« Gravedigger hob den Daumen. »Oder doof, das wird sich zeigen.« Er grinste.
»Capsaicin, vermute ich«, sagte der Erste Detektiv. »Pfefferspray.«
»Er wurde mit Pfefferspray angegriffen?«, fragte Bob.

»Sieht so aus. War es wieder derselbe ... Außerirdische?«
Gravedigger nickte. »Sonnenbrille, Hut, schwarze Schuhe, Regenmantel. Derselbe.«
»Ist Ihnen sonst etwas aufgefallen? Hat er irgendetwas Auffälliges gemacht?«
»Nein, er hat nur das Auge geholt.«
Justus sah auf die Uhr. »Kurz nach vier. Ich trinke noch einen Schluck Milch gegen die Schärfe, dann sollten wir aufbrechen. Ruft ihr in der Zeit Jojo an und fragt ihn, ob er zum Alto Drive mitkommt. Er will sicher dabei sein.«
»Ich mache das.« Bob holte sein Handy hervor.
Als der Erste Detektiv aus dem Haus zurückkam, vereinbarten die drei Jungen, dass Bob Jojo abholte, während sich Justus und Peter schon einmal zum Alto Drive begaben, um sich dort umzusehen. Gravedigger würde ebenfalls zum ehemaligen Anwesen der Buchanans fahren. Er machte sich direkt auf den Weg und ratterte auf seinem Tretroller vom Schrottplatz.

Als Bob wenig später bei den Carmichaels vorfuhr, wartete Jojo schon vor dem Haus. Der dritte Detektiv ließ ihn einsteigen und fuhr los.
»Denkst du, dass wir Dad dort treffen?« Jojo sah Bob mit einer Mischung aus Hoffnung und Zweifel an.
»Ich weiß es nicht. Aber vielleicht erfahren wir etwas, das dir weiterhilft.«
»Aber wer –« Jojo tastete sich hektisch ab. »Ich habe mein Handy vergessen! Mist! Ich muss das dabeihaben, sonst macht mir Mum die Hölle heiß. Wir müssen noch mal zurück.«
Bob sah auf die Uhr. »Okay, wir haben noch Zeit, es eilt nicht.

Ich komme auch kurz mit rein und gehe noch mal pinkeln.« Er grinste.
Im Haus zeigte Jojo Bob das Bad und lief zu seinem Zimmer. Als der dritte Detektiv fertig war, fand er Jojo allerdings im Wohnzimmer, wo er gerade unter das Sofa blickte.
»Ich finde es nirgends. Ich habe schon überall gesucht.«
»Wir müssen aber los!« Bob tippte auf seine Uhr.
Jojo hob eines der Kissen hoch. »Ja, aber ich bin mir – ah, da liegt es ja.« Er zog sein Handy unter dem Kissen hervor. »Das muss ich dorthin gelegt haben, als –«
Unvermittelt hielt er inne. Auch Bob lauschte. Von der Hintertür, die in den Garten führte, waren Geräusche zu hören. Seltsame Geräusche.
»Los«, zischte der dritte Detektiv. »Hierher! Hinter die Couch!«
Jojo lief schnell zu Bob und beide kauerten sich hinter das Sofa. Im nächsten Augenblick splitterte Holz.
»Ein Einbrecher!«, flüsterte Jojo mit schreckgeweiteten Augen.
Bob holte sein Handy hervor. Er wollte die Notrufnummer wählen. Aber es war zu spät. Ein Schatten trat aus dem Flur ins Wohnzimmer, und Bob und Jojo hatten gerade noch Zeit, die Köpfe einzuziehen. Der Junge sah den dritten Detektiv furchtsam an. Seine Lippen bebten, seine Hände zitterten.
»So, mal sehen.« Die Stimme eines Mannes. Bob kannte sie nicht. »Wo hat der Knilch wohl seine Sachen? Dort drüben am Schreibtisch vielleicht?«
Der Fremde wollte zum Schreibtisch. Der stand in dem kleinen Erker genau auf der anderen Seite des Zimmers, wie Bob

wusste. Er würde ihnen also den Rücken zukehren. Diese Gelegenheit musste der dritte Detektiv nutzen. Er bedeutete Jojo, den Kopf unten zu lassen, und richtete sich selbst ganz langsam so weit auf, bis er über den Rand des Sofas spähen konnte.
Da stockte ihm augenblicklich der Atem. Sein Plan wäre gewesen, den Einbrecher zu überraschen und ihn so vielleicht zu vertreiben. Unter der Voraussetzung, dass dort kein Zwei-Meter-Hüne mit Muskeln wie Fußbälle stand. Doch es war noch viel schlimmer. Der Kerl hatte eine Pistole in seinem Hosenbund stecken. Ansonsten konnte der dritte Detektiv so gut wie nichts erkennen. Der Mann trug einen Hoodie und hatte die Kapuze über den Kopf gezogen. Jeans, weiße Turnschuhe. Nicht einmal die Hände konnte Bob sehen.
Doch dann hatte er eine Idee. Der Schreibtisch stand vor einem der Fenster. Ein Fenster, dessen Scheiben sehr dunkel waren, weil sie von einem dichten Busch beschattet wurden, der dort draußen wuchs. Das Fenster wirkte dadurch wie ein Spiegel …
Bob drückte einige Tasten auf seinem Handy, ließ dabei aber den Mann nicht aus den Augen. Dann hieß es warten. Es galt, den richtigen Zeitpunkt abzupassen. Doch dazu musste er die ganze Zeit den Kopf oben lassen. Und das Handy. Und noch viel problematischer: Wenn der Mann in das Fenster sah, sah auch er in einen Spiegel …
»Keine Unterlagen, keine Artikel, nichts. Mist!« Der Fremde wühlte auf dem Schreibtisch herum, schob Papier hin und her, durchsuchte die Schubladen, murmelte etwas vor sich hin. Dann hielt er kurz inne, dachte offenbar nach. Und hob in der nächsten Sekunde den Kopf und blickte ins Fenster.

Bob hatte das Gefühl, dass er ihm genau in die Augen starrte. Er durfte sich jetzt nicht bewegen. Alles, was er tun konnte, war, lautlos auf den Auslöser seiner Handykamera zu drücken.

Im Haus der Vampire

Peter ließ seinen MG an dem großen schmiedeeisernen Einfahrtstor vorbeirollen, hinter dem das frühere Anwesen der Buchanans lag, und parkte ein gutes Stück weiter die Straße hinauf. Von dort liefen die beiden Jungen entlang der mehr als kopfhohen Mauer zurück, die das Grundstück umschloss, und sahen sich dabei um. Als sie sicher waren, dass niemand sie beobachtete, kletterte zuerst Peter über das efeubewachsene Tor und nach ihm – mit einigen Schwierigkeiten – Justus. Auf der anderen Seite angekommen, orientierten sich die beiden Jungen.

»Sieht nicht so aus, als würde Buchanan hier einen Gärtner beschäftigen«, meinte Peter.

Das Grundstück war ein einziger verwilderter Park. Wo früher sicher ein gepflegter Rasen gewachsen war, wucherte nun eine struppige Blumenwiese, die den Jungen bis zur Hüfte reichte. Büsche verwoben sich zu einem undurchdringlichen Dickicht, an den Bäumen wanden sich Kletterpflanzen empor, ein Teich verschwand unter einem Meer Seerosen, zahlreiche Gartenskulpturen lugten aus dem Gestrüpp, lagen zerbrochen im Unkraut oder erstickten unter zentimeterdickem Moos. Die einst gekieste Zufahrt zum Haus war unter dem krautigen Bewuchs nur noch mit Mühe als solche zu erkennen.

»Würde mich überhaupt nicht wundern, wenn hier auch Kobolde und Elfen hausen«, sagte Peter. »Ist ja der reinste Zaubergarten.«

»Lass uns zur Villa gehen.« Der Erste Detektiv trat nach

rechts in den Schatten einer turmhohen Akazie. »Aber wir nähern uns vorsichtig. Vielleicht ist schon jemand da.«

Die beiden Detektive schlichen durchs hohe Gras, huschten von Stamm zu Stamm und machten sich die Büsche als Deckung zunutze.

Schließlich schälte sich aus dem verwunschenen Zaubergarten die Silhouette der ehemaligen Residenz der Buchanans. Das Anwesen musste einmal sehr prachtvoll gewesen sein – ein Bau in altenglischem Stil mit Erkern und einem Türmchen. U-förmig umgab er einen Innenhof mit Brunnen.

Aber jetzt verkam da nur noch eine rußgeschwärzte Ruine. Der Turm war zur Hälfte eingestürzt, das Dach wies zahllose Löcher auf, die Mauern waren bröckelig und überall klafften riesige Lücken darin. Kaum eine Fensterscheibe war noch heil, die gewaltige Eingangstür hing schief in den Angeln und aus dem Westflügel ragten verkohlte Balken wie faulige Knochen aus den eingestürzten Mauerresten.

»Da kam die Feuerwehr wohl zu spät«, witzelte Peter.

Justus ließ seinen Blick über die Ruine gleiten. »Wir warten hier ein paar Minuten und sehen, ob sich etwas tut. Dann gehen wir rein.«

Während der stillen Wartezeit wurde Peter bewusst, was an jenem 10. August hier vorgefallen war, wie das Feuer gewütet haben musste, welch eine Katastrophe sich zugetragen hatte. Erinnerungen waren verbrannt, Menschen hatten Angst gehabt, vielleicht war jemand zu Schaden gekommen. Und sagte man nicht Orten, an denen sich eine Katastrophe ereignet hatte, eine besondere Aura nach? Eine unheimliche Atmosphäre, in der sich das Leid vergangener Unglücke verdichtete und die Wesen anzog, die solch eine Stätte liebten? Unheilvolle Wesen. Böse Wesen? Peter fröstelte es auf einmal.

Bob wusste nicht, wie lange er die Luft angehalten hatte. Und nicht geblinzelt hatte. Das Blut pochte ihm in den Schläfen und er rechnete damit, dass sich der Einbrecher jede Sekunde umdrehte und mit der Waffe auf ihn zielte. Aber endlich, endlich löste der Fremde seinen Blick vom Fenster, und genau in dem Moment, in dem er sich umwandte, ging Bob in Deckung. Jojo, kalkweiß im Gesicht, sah ihn mit zusammengepressten Lippen an. Sie hörten die Schritte des Mannes auf dem Holzboden, dann verließ er das Wohnzimmer. Bob und Jojo entspannten sich ein ganz klein wenig. Aber noch war die Gefahr nicht gebannt.

Der Mann öffnete eine der anderen Türen.

»Hörst du, wo er gerade ist?«, flüsterte Bob.

»Schlafzimmer oder mein Zimmer.« Jojo war kaum zu verstehen.

»Gibt es ein Arbeitszimmer?«

Jojo deutete auf die Nische mit dem Schreibtisch. »Nur das da. Sollen wir die Polizei rufen?«

Bob nickte und war gerade im Begriff, die Nummer zu wählen, als der Einbrecher schon wieder im Flur zu hören war. »So ein Mist!«, fluchte er. Dann verließ er über den Hintereingang das Haus.

Justus und Peter warteten geraume Zeit, doch alles blieb ruhig. Niemand ließ sich sehen.

»Gehen wir rein.« Justus trat hinter dem Busch hervor, hinter

dem sie gestanden hatten. Peter folgte mit einem klammen Gefühl.
Die beiden Jungen liefen über den Innenhof, passierten den Brunnen, in dem ein marmorner Meeresgott Poseidon mit seinem Dreizack ein Seeungeheuer aufspießte, und stiegen über Mauerreste, die auf den Stufen zum Haupteingang lagen. Hinter dem großen Spalt, den die ramponierten Holzflügel der Eingangstür offen ließen, waberte staubiges Zwielicht.
»Wir sollten nirgendwo gegenkommen«, sagte Justus. »Hier könnte jederzeit ein Balken herabfallen oder eine Mauer einstürzen.«
Peter nickte stumm.
Im Innern mussten sich die Augen der Jungen erst an das muffige Halbdunkel gewöhnen. Denn Licht fiel nur durch den Spalt in der Tür und durch einige Löcher im Dach. Sie standen in einer ehemals sehr prächtigen Eingangshalle. Stuckverzierte Säulen, eine große Treppe, Marmorfliesen. Jetzt allerdings verschwand der Prunk hinter Staub, Ruß und Spinnennetzen.
»Viertel vor sechs«, wisperte Peter. »Noch 15 Minuten. Bob sollte langsam auftauchen.«
Justus glaubte, eine Bewegung unter dem Dach bemerkt zu haben, und machte einen Schritt nach vorne. Dabei trat er auf ein verbranntes Holzbrett, das unter seinen Schuhen mit einem lauten Knacken nachgab. Und dann brach die Hölle über den beiden Jungen los! Mit einem lauten Getöse, einem orkanartigen Brausen und spitzen Schreien verdunkelte ein mächtiges Geschwader aus Fledermäusen die Vorhalle, rauschte über die Köpfe der beiden Jungen hinweg und an ihnen vorbei durch den Spalt der Eingangstür ins Freie. Peter riss die Arme

über den Kopf und ließ sich auf die Knie fallen, Justus drehte sich weg und verbarg sein Gesicht in seinen Händen. Nach zehn Sekunden war der Spuk vorbei.

»Mann!« Peter starrte zum Ausgang. Sein Herz schlug ihm bis zum Hals. »Ich dachte, mein letztes Stündlein hätte geschlagen. Himmel! Wo kamen die denn her? Die waren ja riesig.«

Justus richtete sich auf. Auch ihm war der Schrecken gehörig in die Glieder gefahren. »Vampirfledermäuse. Sie bewohnen oft solche verlassenen Gemäuer.«

»Was du nicht sagst.« Peter klopfte sich den Schmutz von der Hose. »Vampirfledermäuse.« Er schüttelte sich. »Ich dachte, wir wollten nichts anfassen und so?«

»Ich habe das Brett nicht gesehen. Tut mir leid.«

Staub rieselte von der Decke und hüllte den Raum in einen grauen Nebel. Die Jungen sahen noch weniger als vorher.

Plötzlich war da ein Geräusch! Ein feines Schleifen. Wie von Papier oder Stoff, der irgendwo entlangstreift.

»Ihr solltet jetzt gehen. Sofort!«

Justus und Peter erstarrten. Eine Stimme aus dem staubigen Nichts. Tief, kehlig und irgendwie … unnatürlich.

»Wer … sind Sie?« Justus kniff die Augen zusammen und schaute sich um. Er sah niemanden.

»Verschwindet! Ich sage es nicht noch einmal!«

Ein Klicken. Peter erschauderte. Der Abzug einer Waffe, der gespannt wurde?

»Veranstaltet euren Teenie-Kram woanders. Geht jetzt!«

Teenie-Kram? Der Unsichtbare sah sie! Und Justus wusste jetzt, was ihm an der Stimme unnatürlich vorgekommen war. Sie war verstellt.

»Warum?«, fragte der Erste Detektiv in das Zwielicht hinein. »Gehört Ihnen das Gebäude?«
»Ihr sollt sofort verduften! Sonst ergeht es euch schlecht!«
Wieder dieses Schleifen. Dann erkannten die Jungen einen Schatten neben der Treppe. Er trug einen Hut und hatte große, dunkle Augen. Fast wie die Facettenaugen eines Insekts.
Der Außerirdische! Peters Herz setzte aus. Ein Insektenwesen!
»Wir sollen verduften?« Justus betonte das letzte Wort fast belustigt. »Sonst ergeht es uns schlecht?« Wer sagte denn so was? Und diese Stimme ... War das eine Frau? »Weil wir uns sonst mit Buchanan anlegen?« Ein spontaner Einfall, ein Schuss ins Blaue. Justus war gespannt, wie der Fremde darauf reagieren würde.
»Ich ... Was ... Wie kommst du auf ... Ihr ... verschwindet jetzt endlich. Sofort!«
Die Verunsicherung der Gestalt war offenkundig. Der Erste Detektiv wusste, dass er ins Schwarze getroffen hatte. Die Person hatte irgendetwas mit Buchanan zu tun.
»Just? Peter?«, zischte eine Stimme.
Die beiden sahen zur Tür. Bob und Jojo lugten durch den Eingang.
Peter winkte, ließ aber dabei ihr Gegenüber nicht aus den Augen. »Hier rüber.«
Der Erste Detektiv ging auf den Unbekannten zu. »Sie haben mit Buchanan zu tun, nicht wahr?«
»Ich ... schieße!« Das klang wenig überzeugend. Und die Stimme gehörte eindeutig einer Frau.
»Das tun Sie bestimmt nicht. Wer sind Sie?« Justus erkannte jetzt auch einen Regenmantel und dunkle Schuhe.

»Das kannst du gar nicht –« Die Frau stockte, starrte Jojo an. »Was machst *du* denn hier?« Sie war auf einmal so durcheinander, dass sie den Arm mit der Waffe sinken ließ. Wobei Justus eher den Eindruck hatte, dass es ein Stück Holz oder Metall war. Nach einer echten Pistole sah das nicht aus.
»Ich?« Jojo zeigte auf sich. »Sie wissen, wer ich bin?«
»Du bist Jeremiah Carmichaels Sohn, nicht wahr?«
»Ja. Woher kennen Sie mich?«
»Ich –«
»Jeremiah Carmichael?«
Alle wirbelten herum. Eine zweite unbekannte Stimme! Ein Mann! Bedrohlich und mit ausgestrecktem Arm stand er im Eingang. In seiner Hand funkelte metallisch eine Waffe. Eine echte.
»Hier geht es also tatsächlich um Jeremiah Carmichael!« Der Mann tat einen großen Schritt nach vorne. Dabei fiel ein Strahl der untergehenden Sonne genau auf die linke Hälfte seines Gesichts.
»Das ist doch der Typ aus dem Mietshaus«, zischte Peter. »Und vom Foto in der Zeitung. Ganz sicher!«
Justus nickte. Er hatte ihn auch erkannt. Ace Hall.
»Los, redet!« Der Mann trat in die Eingangshalle. »Was wird hier gespielt? Wer seid ihr, was wollt ihr alle?«
Ein Poltern und Scheppern! Links von den Jungen. Eine Metallstange schlug zu Boden und im gleichen Moment huschte ein katzengroßer Schatten durch ein Mauerloch nach draußen. Hall fuhr instinktiv herum.
Peter zögerte nicht den Bruchteil einer Sekunde. Mit einem gewaltigen Satz hechtete er nach vorne und versuchte, im Fal-

len dem Mann die Waffe aus der Hand zu schlagen. Bob setzte sofort hinterher.
Doch Hall machte einen blitzschnellen Ausfallschritt nach links, Peter sprang ins Leere, Bob sauste vorbei. Ein Schuss krachte in die Decke!
»Schluss jetzt mit den Mätzchen!«, befahl Hall. »Es reicht! Rüber da!« Er fuchtelte mit seiner Waffe und bedeutete Peter und Bob, sich wieder neben Justus zu stellen. Murrend rappelte sich der Zweite Detektiv vom Boden auf. Bob warf dem Mann einen wütenden Blick zu.
»Und jetzt will ich was hören. Also! Wer seid – nanu? Wen haben wir denn da?« Hall machte eine kleine Drehung nach links und wandte sich der Frau mit der Sonnenbrille zu. Sie hatte sich die letzten Sekunden nicht von der Stelle bewegt und verharrte immer noch neben der Treppe. »Sie hatte ich ja noch gar nicht gesehen! Dann fangen wir doch am besten mit Ihnen an. Wer sind Sie?«
Die Frau schwieg.
»Hey, ich habe Sie was gefragt!«
»Kein Kommentar.« Erneut verstellte die Frau ihre Stimme.
»Was soll das? Wieso verstellen Sie Ihre Stimme? Reden Sie endlich oder ich werde ungemütlich!«
»Von mir erfahren Sie nichts!«, schleuderte ihm die Frau entgegen. Jetzt sprach sie normal.
Hall stutzte. Er ging langsam auf die Frau zu, ließ die Jungen dabei aber nicht aus den Augen. »Sagen Sie das bitte noch einmal«, forderte er schmierig.
Wieder schwieg die Frau.
»Reden Sie mit mir!«, donnerte Hall sie an.

»Sie … Lassen Sie mich in Ruhe!«, rief die Frau. »Gehen Sie weg!«
»Annabelle?« Hall schien völlig perplex, hatte sich aber sofort wieder im Griff und warf den Jungen einen warnenden Blick zu. »Bist du das?«
»Wie … Was unterstehen Sie sich, mich zu duzen?«
»Natürlich! Das bist du! Was zum Teufel machst du hier? Erst läufst du mir gestern in diesem Haus über den Weg, nachdem ich dich seit Urzeiten nicht mehr gesehen habe, und jetzt hier? Das ist doch kein Zufall.«
»Sie müssen mich verwechseln.«
»Komm schon, Annabelle! Lass diese Spielchen. Nimm den Hut und die Sonnenbrille ab. Ich will dein Gesicht sehen!«
»Nein … Ich werde jetzt gehen … Ich …«
Ace Hall zielte auf die fremde Frau. »Wir können das auch anders regeln, Annabelle!«
»Bitte! Ich möchte doch nur –«
»Donner und Doria!«
Alle fuhren herum. Gravedigger stand am Eingang.
»Der Außerirdische und ein Klonkrieger!«

Auf der Flucht

»Ihr wollt die Weltherrschaft an euch reißen, leugnet es nicht!« Unerschrocken trat Gravedigger auf Ace Hall zu. »Aber meine wackeren Kampfgenossen und ich werden uns euch entgegenstellen.«
Die Frau drehte sich um und verschwand unter der Treppe.
Ace Hall bemerkte das zwar, doch der Anblick Gravediggers, der ihm wütend seinen Tretroller entgegenschwang, schien ihn restlos zu verwirren. »Bleib ... Bleibt ... Was zum Henker ...?« Hall wusste gar nicht, wo er zuerst hinsehen sollte.
Justus erkannte die Gelegenheit. »Los, Kollegen, weg hier! Gravedigger, Rückzug!«
Die drei ??? und Jojo rannten zur Treppe. Aus dem Augenwinkel nahm Bob wahr, dass Gravedigger zur Tür hinaussprang.
»Bleibt hier!«, brüllte Hall. Ein Schuss krachte über den Jungen ins Gebälk, aber im nächsten Moment waren sie unter den Stufen und aus dem Schussfeld.
Von der Frau war nichts mehr zu sehen. Hinter der Treppe war eine Wand eingestürzt und in den Raum dahinter drang dämmriges Abendlicht. Irgendwo ging es da ins Freie. Die Jungen sprangen über verkohltes Holz und Mauerreste hinweg, umrundeten einen rußgeschwärzten Tisch und wandten sich dann nach rechts, wo eine gewaltige Lücke in der Außenwand klaffte.
»Da muss sie raus sein.« Peter lief vorweg.
Sie verließen das Gebäude auf seiner Rückseite. Dahinter breitete sich unwegsamer Gartendschungel aus. Aber zwischen zwei Stämmen sah Bob einen Schatten vorbeihuschen.

»Dort vorne! Da ist sie!«

»Bleibt stehen!«, hörten sie Hall aus der Ruine rufen.

Justus blickte zurück. Hall war hinter ihnen oder der Frau her. Gravedigger war damit erst einmal außer Gefahr. »Wir müssen zusehen, dass wir diesen Ace Hall loswerden. Am besten, wir laufen um das Haus herum und versuchen, zu unseren Autos zu kommen.«

Die Jungen bewegten sich dennoch erst ein Stück in den Garten. Nah an der Ruine bot sich ihnen zu wenig Deckung. Wieder ging es geduckt durch hohes Gras, hinter Bäumen und Büschen vorbei, durch einen verwilderten Steingarten, bis sie schließlich die Kiesel der Einfahrt unter ihren Schuhen spürten.

»Da vorne ist das Tor«, flüsterte Bob im Schutz eines Haselnussstrauches.

»Ja, und da ist auch Hall.« Peter deutete ein Stück neben das Tor. Hinter einer alten Linde blitzte etwas Blaues hervor, ein Stück Stoff.

»Verflixt! Er hat geahnt, was wir vorhaben«, sagte Justus. »Wir müssen warten.«

Während die Jungen in ihrer Deckung verharrten und Hall weiter beobachteten, berichteten der dritte Detektiv und Jojo von dem Einbruch in der Newton Road. Bob zeigte Justus die Aufnahme von dem Einbrecher.

»Gute Idee, Bob. Das Gesicht ist auch recht deutlich zu sehen. Aber ich kenne den Mann nicht.«

»Ich auch nicht. Vielleicht kann die Polizei damit was anfangen. Ich wollte sie nur nicht sofort anrufen, weil wir sonst auf die Streife hätten warten müssen. Das Bild läuft uns ja nicht davon und vielleicht hat Mrs Carmichael die Sache schon bemerkt und gemeldet.«

Justus gab Bob sein Handy zurück. »Und er hat dich in der Scheibe nicht gesehen? Da hattet ihr ziemliches Glück!«

»Ich habe die Luft angehalten und nicht geatmet. Vielleicht hielt er mich für ein Zierkissen oder einen Blumentopf, ich weiß es nicht.« Bob grinste. »Oder er war so in Gedanken, dass er gar nichts gesehen hat.«

Nach einer Viertelstunde gab Hall die Sache auf. Er trat hinter dem Stamm hervor, blickte noch einmal zur Ruine und schritt dann durch das Tor. Kurz darauf hörte man ein Auto wegfahren.

»Endlich! Mich fressen hier gleich die Ameisen auf.« Peter stand auf und wischte sich ein paar der Insekten vom Bein.

»Warte noch«, beschied ihm Justus. »Das könnte eine Finte sein.«

»Menno!« Peter ging wieder in die Hocke.

Fünf Minuten später schlichen die Jungen vorsichtig zum Tor und lugten um die Ecke. Keine Spur von Ace Hall.

»Wir können uns aber nicht auf der Straße sehen lassen«, sagte Justus. »Zu riskant. Wir laufen innerhalb des Gartens an der Mauer entlang und klettern dann dort drüber, wo dein Auto steht, Peter. Bob, wo hast du geparkt?«

»Hinter Peter.«

»Gut. Dann los!«

Zehn Minuten später und um einige Kratzer reicher, die sie den zahlreichen Büschen verdankten, durch die sie sich gedrückt hatten, kamen die Jungen endlich bei den Autos an. Von Ace Hall war nichts mehr zu sehen gewesen.

»Und jetzt schleunigst nach Pacific Palisades«, sagte der Erste Detektiv.
»Wieso?«, fragte Jojo.
»Weil Ace Hall, also der Mann mit der Waffe, eben gesagt hat, er hätte die Frau mit der Sonnenbrille gestern dort gesehen«, erklärte Bob. Genau wie Justus und Peter waren ihm bei dem Wortwechsel in der Ruine einige Zusammenhänge klar geworden. »Und wir haben ihn in dem Mietshaus dort gesehen. Vielleicht wohnt die Frau da. Und wenn wir sie finden, können wir sie zur Rede stellen und fragen, was sie mit deinem Vater zu tun hat. Und mit Buchanan. Und mit diesem Ace Hall.«
»Ich fahre euch hinterher.« Peter lief zu seinem MG und stieg ein.
Jojo nahm in Bobs Käfer auf dem Rücksitz Platz, Justus vorne. Bob startete den Motor und fuhr los.
»Und wieso kennt mich diese Annabelle?« Jojo sah fragend von einem Detektiv zum anderen.
Justus ordnete kurz seine Gedanken. »Ich glaube, sie wollte sich mit deinem Vater treffen. Die verrätselten Briefe dürften von ihr gewesen sein. Und die Webcam vermutlich ebenfalls. Sie kennt also deinen Vater und aus diesem Grund weiß sie vermutlich, wer du bist.«
»Aber ich kenne keine Frau, die Annabelle heißt!«
»Das ändert nichts. Dass die Frau deinen Vater kennt, muss nicht heißen, dass du sie kennst. Oder dein Dad.«
Jojo dachte nach. »Und was will sie von ihm?«
»Ihm Informationen zukommen lassen, vermute ich.«
»Informationen? Worüber?«

»Vielleicht über Dinge, die Vince Buchanan in große Schwierigkeiten bringen könnten.«

»Und … wieso schickt sie ihm die Infos nicht einfach mit der Post? Oder bringt sie ihm ins Büro?«

Justus blickte nachdenklich aus dem Fenster. »Das ist mir auch noch nicht so ganz klar. Aber aus irgendeinem Grund scheint das nicht so einfach zu sein. Oder das alles ist Teil eines Plans.«

Bob sah kurz zu seinem Freund rüber. »Mir kam der Gedanke, dass diese Annabelle vielleicht diese Annabelle Brewster vom Zeitungsfoto sein könnte. Was meinst du dazu?«

Der Erste Detektiv nickte. »Ja. Weil Ace Hall sie von früher kennt. Ich kann mich nur nicht daran erinnern, dass auf einem der Klingelschilder der Name Brewster gestanden hätte.«

Der dritte Detektiv überlegte. »Wenn er sie so lange nicht mehr gesehen hat, arbeiten sie nicht mehr zusammen. Stellt sich die Frage, ob einer von ihnen immer noch für Buchanan tätig ist. Dieser Hall trug ja auch diesen Button mit *Vote for Vince* drauf.«

Justus knetete seine Unterlippe. »Vielleicht erfahren wir gleich mehr.«

Ein paar Minuten später stellte Bob seinen Käfer in einer Seitenstraße der Bashford Street ab. Auch Peter fand dort einen Parkplatz. Zusammen liefen die vier Jungen zu dem Mietshaus, in dem sie gestern Ace Hall begegnet waren. Und einer Frau.

Der Erste Detektiv bemerkte es sofort. »Na, so was.« Er deutete auf die Klingelschilder am Eingang. »Da wurde ein Namensplättchen entfernt. Hier stand gestern noch *A. Delaney*.«

»Bist du sicher?«, fragte Peter.

Justus nickte. »Ganz sicher. Und heute Mittag auch.« Er drückte die Tür auf und lief zu den Briefkästen. Auch dort fehlte ein Namensschild.

»Denkst du, dass es die Frau aus der Ruine war, die die Namensschilder entfernt hat?«, fragte Bob. »Heißt sie jetzt Delaney? Was soll das bringen?«

»Ace Hall hat sie Annabelle genannt und geäußert, dass er sie von früher kennt und dass er sie hier im Haus nach langer Zeit wieder gesehen hat«, überlegte Justus. »Sie hat das von sich gewiesen, wollte von ihm offensichtlich auf keinen Fall erkannt werden. Es ist sehr gut möglich, dass sie jene Annabelle Brewster ist, mit der Hall damals für Buchanan gearbeitet hat. Wenn nun aber ebenjenes Namensschild einer A. Delaney fehlt …« Der Erste Detektiv dachte noch einmal kurz nach. »Ja. So muss es sein. Annabelle Delaney und Annabelle Brewster sind ein und dieselbe Person. Hall kennt aber ihren neuen Namen nicht, und deswegen hat sie das Namensschild entfernt. Sie wusste, dass Hall stutzig wird, wenn es kein Klingelschild mit Namen Brewster gibt, aber eins mit A. Delaney.«

»Wegen Claire Delaney?«, fragte Peter. »Der Verlobten von Buchanan junior? Ob die beiden verwandt sind? Welchen Grund hätte Annabelle dann, diesen Zusammenhang zu vertuschen?«

»Ich weiß es nicht.« Justus presste die Lippen aufeinander. Wie hingen diese Dinge zusammen?

»Aber Hall könnte doch im Haus rumfragen und so herausfinden, dass hier zwar keine Annabelle Brewster wohnt, aber dafür eine Annabelle Delaney«, wandte Bob ein. »Was soll das mit den Namensschildern?«

»Wäre dir aufgefallen, dass im Gegensatz zu gestern ein Namensschild fehlt?« Justus sah Bob fragend an. »Oder dir, Zweiter?«
Beide schüttelten den Kopf.
»Wenn Hall das ebenfalls nicht auffällt, muss er jede Wohnung überprüfen, um herauszufinden, ob diese Annabelle Brewster hier überhaupt wohnt. Und die Wohnung ohne Schild steht eben leer.«
»Er könnte doch die Nachbarn fragen, wo eine Frau um die fünfzig wohnt und wie sie heißt«, meinte Peter.
Justus machte ein skeptisches Gesicht. »Klingel du mal in einem Mietshaus und geh mit so einer Frage von Wohnung zu Wohnung. Da brauchst du schon eine überzeugende Geschichte, damit man dir nicht die Türen vor der Nase zuschlägt.«
»Apropos«, meinte Bob. »Diese A. Delaney wohnt im dritten Stock. Gehen wir doch mal rauf.«
Im dritten Stock befanden sich insgesamt vier Wohnungen. Drei mit Namensschildern an der Tür – und eine ohne. Hier ließ das helle Viereck auf der viel dunkleren Tür jedoch deutlich erkennen, dass das Schild noch nicht lange abgenommen war. Die Jungen klingelten und warteten. Es tat sich nichts. Sie klopften und klingelten noch mehrmals. Aber hinter der Tür blieb alles ruhig.
»Kommt, wir gehen«, sagte Justus übertrieben laut. »Da ist niemand zu Hause.«
Die anderen verstanden seinen Gedanken. Falls diese Annabelle hinter der Tür stand, sollte sie glauben, dass die ungebetenen Gäste wieder abzogen.

»Wir beschatten das Haus, ob sie rauskommt, oder?«, fragte Peter Justus im Treppenhaus.

Der Erste Detektiv nickte. »Gegenüber habe ich einen kleinen Park gesehen. Der eignet sich vorzüglich für eine Observierung.«

Der Park auf der anderen Straßenseite bestand aus ein paar Büschen, einer Hundewiese, einem Spielplatz und ein paar Bäumen. Die Jungen entschieden sich für einen Kirschlorbeerstrauch mit dicken, grünen Blättern. Von dort hatten sie die beleuchtete Eingangstür gut im Blick.

Doch kaum dass sie es sich einigermaßen bequem gemacht hatten, fiel Jojo etwas ein. »Und wenn es einen Hinterausgang gibt?«

»Oh, verdammt!«, entfuhr es Peter. Er richtete sich wieder auf. »Darauf hätten wir auch selbst kommen können. Ich sehe mir das mal an und –«

»Schtt!«, unterbrach ihn Bob und zog ihn jäh zu sich. »Runter! Da kommt Hall!«

Tatsächlich hielt der Mann genau auf ihr Versteck zu, blickte dabei aber immer über die Straße zum Mietshaus. Genau vor dem Strauch, hinter dem die Jungen bewegungslos kauerten, holte er sein Handy hervor und wählte eine Nummer.

»Ja, ich bin's. Hören Sie. Ich habe ja gestern beim *Californian Spectator* diese Jungs bemerkt, die an Carmichaels Arbeitsplatz herumgeschnüffelt haben ... Ja, wo ich mich als Reporter eingeschleust habe, um mehr über diesen Idioten herauszufinden, genau. Ich bin denen nach Pacific Palisades gefolgt und habe in so einem Mietshaus eine Frau getroffen, die mir irgendwie bekannt vorkam. Heute habe ich sie in der Ruine am Alto Drive gesehen … Ja, Sie haben richtig gehört, am Alto Drive. Und da erkannte ich sie, obwohl sie sich maskiert hatte … An der Stimme. Ich habe sie gezwungen, mit mir zu reden. Es war Annabelle Brewster … Genau die. Und ich glaube, sie hat irgendwas mit Carmichael zu tun … Ja, sehe ich auch so. Was soll ich jetzt tun? Ich stehe gegenüber von dem Haus, in dem ich ihr über den Weg gelaufen bin. Wobei da niemand mit dem Namen Brewster zu wohnen scheint … Okay … Ja, mach ich … Alles klar.« Hall legte auf.

In dem Moment klingelte Jojos Handy.

Man sieht sich immer zweimal

Ace Hall drehte sich um und schaute in das Gebüsch. Jojo erstarrte und hielt das Handy von sich, als würde es gleich explodieren.

Peter reagierte als Erster. Er griff sich das Handy, stand auf und trat hinter dem Strauch hervor. »Ja, Süße, ich weiß, ich weiß und es tut mir auch furchtbar leid.« Der Zweite Detektiv entfernte sich von Hall und achtete dabei darauf, dass sein Gesicht nicht zu sehen war. Auch ging er etwas gebückt, um kleiner zu wirken. »Aber dieser doofe Bus ist mir vor der Nase davongefahren ... Ja, mein Schatz, ich beeile mich. Versprochen.«

Hall sah dem Zweiten Detektiv misstrauisch hinterher, wandte sich dann aber wieder dem Mietshaus zu.

Justus und Bob schauten sich erleichtert an. Peters List funktionierte. Auch dank der Tatsache, dass die nächste Straßenlaterne ein gutes Stück entfernt stand und es inzwischen fast dunkel war. Und weil Hall im Moment anderes im Kopf zu haben schien und offenbar nicht mit den Jungen rechnete.

Der Erste Detektiv deutete nach hinten und sie zogen sich langsam zurück. Als sie außer Hörweite waren, stieß auch Peter wieder zu ihnen.

»Gut gemacht, Zweiter«, lobte Justus.

»Immer wieder gerne.« Peter grinste und gab Jojo sein Handy zurück. »Erste Regel bei Beschattungen: Handy aus!«

»Tut mir leid«, sagte Jojo zerknirscht und blickte auf das Display. »Das war Mum. Ich muss nach Hause.«

Der Erste Detektiv sah auf seine Uhr. »Wir müssen diese Frau finden. Und nicht nur, weil sie vielleicht etwas über Jeremiah Carmichael weiß. Ich glaube, sie ist in Gefahr.«

Peter nickte. »Hall. Er ist ihr auf den Fersen. Und mit dem Kerl ist nicht zu spaßen, wie wir wissen.«

»Genau. Wir machen Folgendes: Ich werde Buchanan einen Besuch abstatten. Wir brauchen mehr Informationen. Peter, Bob, ihr bleibt hier und behaltet Hall und das Haus samt aller Eingänge im Auge. Wenn Hall hier verschwindet, gebt ihr mir Bescheid. Wenn ihr die Frau seht, folgt ihr ihr und gebt mir Bescheid. Und wenn Hall dieser Frau zu nahe kommt, versucht ihr, ihr zu helfen …«

»… und geben dir Bescheid«, ergänzte Peter.

»Die Sache ist ernst, Zweiter!«

»Ja, ich weiß.«

»Bob, kann ich dein Auto nehmen?«

»Klar.« Der dritte Detektiv gab Justus den Schlüssel. »Du willst jetzt noch zu Buchanan? Es ist kurz vor acht.«

»Ja, aber ich habe das Gefühl, dass die Zeit drängt. Diese Annabelle Brewster beziehungsweise jetzt Delaney will offenbar untertauchen. Wenn ihr das gelingt, erfahren wir nichts. Und wenn Buchanans Leute sie finden, möchte ich gar nicht wissen, was die mit ihr anstellen. Je eher *wir* sie finden, desto schneller kommt die Wahrheit ans Licht und desto schneller ist sie außer Gefahr.« Er sah Jojo mitfühlend an. »Und vielleicht auch dein Vater.«

»Dann scheint es also tatsächlich so zu sein, dass diese Annabelle Brewster jetzt Annabelle Delaney heißt? Und dass sie und Hall früher beide für Buchanan gearbeitet haben und dass er es immer noch tut?« Peter hatte sich die Frage eher selbst

gestellt. So ungefähr durchschaute auch er langsam die Zusammenhänge.
»Ja, aber für Theorie ist jetzt keine Zeit«, entschied Justus. »Wir besprechen das nachher. Jojo, komm mit mir, ich setze dich zu Hause ab.«
»Pass auf dich auf!«, rief Bob seinem Freund hinterher.

Fünfzehn Minuten später traf der Erste Detektiv in der St. Pierre Road ein. Die Hausnummer hatte er sich natürlich gemerkt. 87. Auf dem Weg in das Nobelviertel sortierte Justus seine Gedanken. Hall hatte sie beim *Californian Spectator* bemerkt, wo er irgendwie als Mitarbeiter untergekommen war. Um Carmichael auszuspionieren, der Buchanan im Visier hatte. Von dort war er ihnen zum Bootshaus und dann in die Bashford Street gefolgt, wo er Annabelle Delaney begegnet war. Aber er hatte die Frau nicht gleich wiedererkannt – das war erst vorhin in der alten Buchanan-Ruine passiert. Er wusste auch nicht, dass sie jetzt Delaney und nicht mehr Brewster hieß. Und wahrscheinlich hatte Annabelle Delaney in *der* Hoffnung die Namensschilder abgenommen: Hall durfte nicht erfahren, wer sie ist. Aber wieso? Nicht einmal Carmichael, an den sie sich ja ganz offenbar gewandt hatte, um ihm irgendeine Information zukommen zu lassen, hatte sie ihren Namen verraten. Sie hatte ihm verschlüsselte Briefe ohne Absender geschickt und war in Verkleidung am Treffpunkt erschienen. Wieso?
Delaney, Delaney, grübelte Justus. Es musste etwas mit diesem Namen zu tun haben. Und vielleicht damit, dass Claire Delaney mit Neal Buchanan zusammen war. Aber wo war der Zu-

sammenhang? Er musste es irgendwie schaffen, über Buchanan an Informationen zu gelangen, die ihnen weiterhalfen.

Wenig später hatte der Erste Detektiv das Anwesen erreicht. Es entsprach seinen Erwartungen. Luxus und Pomp, wohin man blickte. Wenn Vince Buchanan eines nicht war, dann bescheiden. Justus eröffnete dem Pförtner, der in einem Holzhäuschen neben der Einfahrt Dienst hatte, dass er gerne zu Vince Buchanan wolle. Er habe eine wichtige Nachricht für ihn.

»Soso.« Der Pförtner musterte ihn abschätzig. »Eine wichtige Nachricht. Und die wäre?«

»Die darf ich nur Mr Buchanan persönlich übermitteln.«

Der Pförtner lachte herablassend. »Da könnte ja jeder kommen. Und die Nachricht ist dann ein nettes Bömbchen unter der Jacke. Komm, verzieh dich!«

Justus blieb völlig gelassen. »Mache ich gerne. Aber geben Sie nicht mir die Schuld, wenn Sie sich morgen nach einem neuen Arbeitsplatz umsehen müssen, weil Mr Buchanan erfahren hat, dass Sie es waren, der verhindert hat, dass ihn diese Information rechtzeitig erreicht.«

Dem Pförtner rutschte das Lachen aus dem Gesicht. Verunsicherung glomm in seinen Augen. »Na ... gut. Ich kann ja mal durchfunken, dass du hier bist.«

Drei Minuten später wurde Justus in der Lobby von einem wichtigtuerischen Mr Pearson empfangen. »Dann sag mir mal, was du so Wichtiges mitzuteilen hast.«

»Tut mir leid, aber wie ich Ihrem Kollegen schon sagte, darf ich die Nachricht nur Mr Buchanan persönlich überbringen.«

Der Erste Detektiv sah sich um. Die Lobby kannte er schon aus der Homestory von *KNTV*. Marmorfliesen mit goldfarbenen Einlagen, übergroße moderne Gemälde an den Wänden, die aussahen, als hätten sich Kinder mit Fingerfarben ausgetobt, zwei lebensgroße Figuren aus Porzellan, die jeweils zehn elektrische Kerzen in Händen hielten, und in der Mitte die scheußliche Skulptur der Medusa. So von Nahem sahen der weit aufgerissene Mund und die Schlangen auf ihrem Kopf noch viel furchterregender aus als im Fernsehen. Justus hasste Schlangen.

Pearson lachte herablassend. »Junge, wie stellst du dir das vor? Glaubst du, du kannst hier einfach so hereinschneien und Mr Buchanan sprechen?«

»Aber ich muss diese Information –«

»Was ist hier los? Pearson?«

Der Erste Detektiv drehte sich um. Aus einem Salon hinter ihm war Neal Buchanan getreten. Strahlend, überaus sympathisch und in piekfeiner Abendgarderobe. Neben ihm stand Claire Delaney. Sie hatte die Haare hochgesteckt, trug ein himmelblaues Cocktailkleid und sah umwerfend aus, trotz der Krücken, auf die sie sich immer noch stützen musste.

»Dieser Knilch hier denkt, dass ich ihn einfach so zu Mr Buchanan lasse, damit er ihm was ausrichten kann. Lächerlich!«

»Du hast Informationen für meinen Vater?« Neal Buchanan kam näher.

»Äh, ja ... aber die soll ich nur ihm geben.«

»Mein Vater ist nicht da. Wir treffen ihn aber gleich auf einer Ausstellungseröffnung. Ich kann ihm gerne ausrichten, was du für ihn hast.« Er sah Pearson an. »Ich erledige das hier. Sie können gehen.«

»Sehr wohl.« Pearson wandte sich um, warf aber vorher Justus noch einen verächtlichen Blick zu.
Der Erste Detektiv überlegte blitzschnell. Vince Buchanan war nicht da. Das war schlecht. Jetzt musste er improvisieren. »Die Nachricht stammt von Jeremiah Carmichael.« Der Erste Detektiv beobachtete Neal Buchanan sehr aufmerksam. Aber er konnte nicht das kleinste Zucken in seinem Gesicht, nicht das feinste Flimmern in seinen Augen erkennen.
»Wer ist das?« Neal Buchanan schien wirklich völlig ahnungslos.
Justus ging noch einen Schritt weiter. »Es hat mit der Firma Ihres Vaters in Naknek zu tun.«
»Der Recycling-Firma? Worum geht es denn? Du machst es ja wirklich spannend.« Neal lachte so einnehmend, dass sich Justus kaum vorstellen konnte, hier einem Mann gegenüberzustehen, der irgendetwas zu verbergen hatte. Es sei denn, er war ein genialer Schauspieler.
»Wie gesagt, ich möchte es ihm lieber selbst sagen.« Justus wechselte abrupt das Thema. »Übrigens, Miss Delaney, ich habe kürzlich Ihre Mutter kennengelernt. Sie wohnt in der Bashford Street in Pacific Palisades, nicht wahr? Ihre Mutter ist so eine reizende Frau!«
»Ja, da wohnt sie tatsächlich! Ach, sieh mal einer an! Die Welt ist ja so klein!« Auch Claire Delaney war einfach nur die Liebenswürdigkeit in Person. Da ertönte in ihrer Handtasche ein Handyton. Sie holte das Telefon heraus und sah auf das Display. Offenbar eine Kurznachricht.
»Also, vielen Dank Ihnen beiden. Dann wünsche ich einen schönen Abend.« Justus wandte sich zum Gehen. Aber der

Gesichtsausdruck, mit dem Claire Delaney auf ihr Handy starrte, ließ ihn innehalten.
»Was ist denn, Liebling?« Auch Neal hatte ihre Veränderung bemerkt.
»Meine Mutter. Ich muss dringend zu ihr. Irgendetwas stimmt nicht.«
»Ist ihr etwas zugestoßen? Soll ich mitkommen?«
Beide hatten Justus völlig vergessen. Claire schien sich wirklich Sorgen zu machen und Neal war ganz auf seine Verlobte konzentriert.
»Ich weiß es nicht. Aber geh du nur schon vor. Dein Vater kriegt sonst wieder die Krise.« Sie verzog spöttisch das Gesicht. »Du kennst ihn ja. Claire, der Klotz an deinem Bein!«
»Vergiss endlich Dad, Liebling. Wenn es nach dem ginge, müsste ich die Königin von Saba heira–« Jetzt erst fiel Neal auf, dass Justus immer noch da war. »Kann ich noch etwas für dich tun?«
»Äh, nein, Entschuldigung. Ich bin dann ... Auf Wiedersehen!« Justus drehte sich hastig um und ging davon.

Während der dritte Detektiv Ace Hall und den Eingang im Auge behielt, schickte er Inspektor Cotta vom Police Department in Rocky Beach das Foto von dem Einbrecher im Haus der Carmichaels. Mit Cotta hatten die drei ??? schon in vielen Fällen zusammengearbeitet und vielleicht konnte er ja etwas mit der Aufnahme anfangen.
Nach etwa einer halben Stunde gab Hall seinen Beobachtungsposten hinter einer Reklamesäule auf. Annabelle Delaney hatte sich in der Zeit nicht blicken lassen.

Bob wählte zuerst Peters Nummer. »Zweiter, wie sieht es bei dir aus?«
»Fehlanzeige. Hier hinten kam überhaupt niemand raus oder ging rein.«
»Okay. Hall verkrümelt sich. Ich informiere Just.«
»Mach das.«
Der dritte Detektiv legte auf und wählte Justus' Nummer. Doch nach zehn Freitönen kam nur die Ansage vom Band, dass der angerufene Teilnehmer im Moment nicht zu erreichen war …
Bob rief erneut Peter an.

Völlig in Gedanken vertieft, lief der Erste Detektiv zurück zum Einfahrtstor. Claire hatte eine Nachricht von ihrer Mutter erhalten. Etwas Ernstes allem Anschein nach. Von Peter und Bob hatte er noch nichts gehört, sie lagen also noch auf der Lauer. Und Vince Buchanan schien von der Verlobten seines Sohnes doch nicht so angetan zu sein, wie es in dieser Homestory den Anschein gehabt hatte. *Klotz an deinem Bein*. So hatte Claire sich selbst bezeichnet. Und Neal sollte nach Ansicht seines Vaters eher jemand anderen heiraten. Könnte es dann nicht sein, dass ein Machtmensch wie Vince Buchanan, der es gewohnt war, seinen Willen durchzusetzen, so weit gehen würde, dass er –
»Na, wen haben wir denn da?«
Justus zuckte zusammen. Im Bruchteil einer Sekunde hatte er die Stimme wiedererkannt. Geklauter Brief, Newton Road, Klappmesser, hochgegelte Haare.
»Tja, man sieht sich im Leben immer zweimal.« Der Mann

lachte gehässig und trat vollends hinter der Zypresse hervor, hinter der er Justus aufgelauert hatte. »Und jetzt werde ich dir verraten, was ich von Typen halte, die mich verscheißern wollen.« Er ließ sein Messer aufschnappen und fuchtelte damit in Richtung eines Gartenpavillons. »Mitkommen!«

BKSTNW

Als Peter bei Bob ankam, sprach sein Gesichtsausdruck Bände.
»Just geht nicht ans Telefon?«
»Nein. Ich wollte ihm sagen, dass Hall weg ist, aber er geht nicht ran. Ich habe es jetzt schon dreimal versucht.«
Peters Blick verfinsterte sich. Das sah Justus gar nicht ähnlich. Da klingelte Bobs Telefon. Aber das Display verriet, dass es nicht Justus war, sondern Inspektor Cotta.
»Inspektor, haben Sie etwas für mich?«
»Allerdings. Der Typ auf der Aufnahme heißt Chad Kruger. Ein Kleinkrimineller, der Aufträge aller Art annimmt: Einbrüche, Geldeintreibungen, Botendienste und so weiter. Wieso bist du nicht vor Ort geblieben und hast auf die Kollegen gewartet, um eine Zeugenaussage zu machen?« Cotta klang nicht sehr erfreut.
»Weil ... ich dringend wohin musste.«
»Ihr steckt eure Nase mal wieder in Sachen, die euch nichts angehen, oder?« Cotta kannte die Jungen gut genug, um zu merken, wann sie ihn im Unklaren lassen wollten.
»Es ist alles in Ordnung, Inspektor.«
»Wer's glaubt. Wenn wir Kruger haben, stehst du aber auf der Matte, um deine Aussage zu machen, dass das klar ist!«
»Selbstverständlich. Auf Wiederhören!«
Cotta knurrte nur etwas Unverständliches und legte auf.
»Cotta hat –«
»Ich konnte mithören«, unterbrach Peter seinen Freund. »Fragt sich, ob dieser Kruger im eigenen Auftrag bei den Car-

michaels eingestiegen ist oder ob er das für jemand anderen getan hat.«

»Mein Gefühl sagt mir Letzteres«, meinte Bob. »Apropos Gefühl: Dass Just nicht zu erreichen ist, bereitet mir wirklich Bauchschmerzen.«

»Mir auch.«

»Ich rufe bei Buchanan an!« Bob fand eine Nummer im Internet für die Adresse in Holmby Hills, wählte und schaltete auf Lautsprecher. Er landete zuerst bei einem Pförtner, dann beim Hausmeister und schließlich bei einem hochnäsigen Mr Pearson, der nach eigener Aussage für alle Angelegenheiten im Haus zuständig war. Ja, ein Justus Jonas habe vorgesprochen, nein, er sei nicht mehr zugegen, und ja, das hieß, dass er das Anwesen bereits verlassen habe.

»Wohlbehalten?«, fragte Bob nach.

»Was meinst du? Natürlich! Er ging auf seinen beiden Beinen aus der Haustür. Frechheit!« Der Mann legte auf, ohne sich zu verabschieden.

Bob und Peter sahen sich an. Wirklich weitergeholfen hatte ihnen diese Auskunft nicht. Sie wussten noch immer nicht, was mit Justus los war und warum er nicht ans Telefon ging. Sie wussten nur, dass er bei Buchanan gewesen und jetzt nicht mehr dort war. Aber wo dann?

Peter nickte zum Mietshaus hinüber. »Vielleicht sollten wir uns doch mal in der Wohnung von dieser Annabelle Delaney umsehen, was meinst du?«

»Um mehr Infos zu bekommen? Die uns vielleicht auch sagen, wo Just ist?«

»Zum Beispiel.«

»Machen wir das.«
Die beiden Detektive liefen über die Straße, betraten das Mietshaus und begaben sich in den dritten Stock. Obwohl sie nicht davon ausgingen, dass Annabelle Delaney zu Hause war, klingelten sie und klopften auch an die Tür. Aber nichts tat sich. Peter holte sein Dietrichset aus der Tasche und binnen zwei Minuten war die Tür offen. Die beiden Jungen traten ein und drückten hinter sich die Türe leise ins Schloss.
Es war stockfinster, kein Licht brannte. Und es blieb still. Peter und Bob verharrten eine ganze Minute bewegungslos, aber nichts geschah. Niemand schrie um Hilfe, niemand rief die Polizei, niemand atmete. Es roch ganz leicht nach Parfum, nach einem Frauenparfum. Irgendwo tickte eine Uhr.
Bob tastete nach einem Schalter und machte das Licht an. Sie standen in einem Flur mit vier weiß lackierten Türen. Die erste führte in ein kleines Bad, die zweite in eine Küche. Als Peter die dritte Tür öffnete, blickte er in ein Schlafzimmer. Tür vier brachte die beiden Jungen in ein geräumiges Wohn- und Arbeitszimmer. Rechts befand sich eine Wohnecke mit Couch, Fernseher, Bücherregal und Stereoanlage, links ein großer Schreibtisch, über dem eine Pinnwand hing. Postkarten, Zeitungsartikel, Sprüche, Fotos.
»Da!« Peter lief zu einem der Fotos. »Claire und dieser Neal. Wir sind hier richtig, und diese Annabelle und Claire sind verwandt, ganz sicher! Und da«, der Zweite Detektiv tippte auf eine andere, vergilbte Aufnahme, »ist die Frau noch deutlich jünger und steht mit einem kleinen Mädchen vor einem Karussell. Das Mädchen könnte doch Claire sein, oder?«
»Vielleicht, ja. Sieht alles danach aus, dass sie Mutter und

Tochter sind.« Bob ließ seinen Blick über die Tischplatte schweifen. Und blieb an einer rot-schwarzen Dose hängen.
»Zweiter!« Bob zeigte auf die Dose. »Pfefferspray!«
Peter lächelte. »Und kein außerirdisches Kraut.« Er begann, die Ablage auf dem Schreibtisch durchzusehen, während Bob sich den Schubladen widmete. Dort entdeckte er zunächst ein altmodisches Adressbüchlein, in dem sich auch Name und Adresse von Claire Delaney fanden, und schließlich, in der untersten Schublade, eine weiße, runde Webcam.
»Sieh mal, Zweiter. Das Außerirdischenauge!«
»Was, denkst du, wollte sie damit?«
»Sehen, wer in das Bootshaus kommt.«
Peter überlegte einen Moment. »Weil sie Carmichael vielleicht nicht traute und erst mal wissen wollte, wer da nach ihrem ersten Brief auftaucht?«
Bob zuckte die Schultern. »Kann sein.«
»Ich habe auch was. Sieh dir das mal an.« Der Zweite Detektiv deutete auf ein großes Blatt Papier, das er aus einer Ablage gefischt hatte und das er jetzt auf den Schreibtisch legte. Darauf hatte jemand drei völlig unsinnige Buchstabenkombinationen vermerkt.
»Die Geheimschrift!«, erkannte Bob. »Die Briefe kamen also tatsächlich von ihr. Hier oben steht CYQ, der 23. März vor 25 Jahren, NKAQK 8. FKTQK 6 HB und EHHTQFWTN. Das war der erste Brief. Und das«, er zeigte auf die nächste Notiz, »war die Botschaft, die Jojo im zweiten Brief erhalten hat.«
»Ja, aber was ist das da? Diese ›Wörter‹ kamen uns doch bisher noch nicht unter, oder?« Peter deutete auf den letzten Vermerk.

»EWCS, AC und BKSTNW.« Der dritte Detektiv stutzte.
»Was heißt das?«, drängte Peter.
»Also ... das Schlüsselalphabet lautete W...«
»Warte, ich schreibe es auf«, sagte Peter und griff nach einem Stift.
»Nein, ich hab's gleich. EWCS ergibt ... B ... A ... N ... D, ja, Band. Das ist einfach.«
»Okay. Und AC und BKSTNW ...« Peter schloss die Augen und ging das Schlüsselalphabet im Kopf durch. »Weiskopfadlr ... Daraus wird dann I ... N und M ... E ... D ... U ... S ... A. In Medusa? Band in Medusa?«
Bob zog die Augenbrauen hoch. »Diese Figur in Buchanans Haus! Die Frau mit den Schlangenhaaren. Könnte die damit gemeint –« Der dritte Detektiv verstummte schlagartig.
Von der Wohnungstür drangen Geräusche zu ihnen. Aber das war kein Schlüssel, der sich im Schloss drehte. Jemand versuchte die Tür aufzubrechen!

Justus' Hirn lief auf Hochtouren. Ihm musste etwas einfallen! Der Kerl hinter ihm war eiskalt und zu allem entschlossen. Der wollte ihm nicht nur einen Schrecken einjagen.
Bis zu dem Gartenpavillon waren es noch etwa dreißig Meter. In regelmäßigen Abständen erhellten Solarleuchten den Schotterweg, auf dem sie liefen, dahinter war es stockdunkel. Weit und breit war niemand zu sehen.
Sollte er versuchen davonzulaufen? Justus machte sich nichts vor. Seine sportlichen Fähigkeiten waren begrenzt und der Mann hinter ihm gut in Form. Peter hätte das vielleicht geschafft, er nicht. Sollte er laut um Hilfe rufen? Würde das über-

haupt jemand mitbekommen? Außerdem würde ihm der Mann wahrscheinlich das Messer in den Rücken rammen, bevor er kaum »Hi–« geschrien hätte, und ihn dann irgendwo hinschleppen, wo ihn keiner mehr fand. Nein, das funktionierte alles nicht.

»Los, nicht so lahm!« Der Mann drückte ihm den Stahl in die Seite.

»Ich mach ja schon!«

Rechts breitete sich eine Rasenfläche aus, links begann gleich ein Beachvolleyballfeld. Der Pavillon beherbergte vermutlich das Zubehör für das Spiel. Netze, Pfosten, Bänder, Bälle, Sandrechen.

Sandrechen! Sand! Justus hatte eine Idee. Es war sehr riskant und er hatte nur einen Versuch. Aber es war seine einzige Chance. Diese zwei Sekunden, die er zwischen sich und das Messer bringen konnte, mussten einfach reichen.

Der Erste Detektiv blickte unauffällig nach links. Fünf Meter noch. Er straffte seine Muskeln, konzentrierte sich. Mit dem rechten Bein abdrücken, nach vorne stürzen, umdrehen.

Dann hatte er den Punkt erreicht. Justus sprang in einem gewaltigen Satz nach links und hechtete auf die Sandfläche.

»Hey, du Kröte! Was soll das?«

Mit der rechten Hand griff Justus in den Sand, nahm davon, so viel er konnte, und wälzte sich herum. Wie vermutet, hatte ihm der Mann nachgesetzt. Er befand sich zwei Armlängen von ihm entfernt. Die Miene wutverzerrt, das Messer erhoben. Justus holte aus und warf dem Mann den Sand mitten ins Gesicht.

Peter sah Bob an. »Ich hab eine Idee!« Er huschte auf den Flur hinaus, löschte das Licht dort und im Wohnzimmer und zog dann seinen Freund mit sich hinter die geöffnete Wohnzimmertür. Ganz sachte zog er diese so weit wie möglich zu ihnen her. Der Schlüssel befand sich auf ihrer Seite. Peter holte ihn vorsichtig aus dem Schloss.

Bob ahnte, was sein Freund vorhatte. Das konnte klappen. Die Tür war massiv, hatte keinen Fenstereinsatz, und sie hatten den Schlüssel. Andererseits waren Zimmertüren recht dünn und zwei der Männer, denen er im Laufe des Tages begegnet war, hatten eine Pistole bei sich gehabt …

Plötzlich huschte Peter noch einmal hinter der Tür hervor zum Schreibtisch, orientierte sich im fahlen Straßenlicht, das durch das Fenster drang, an der Pinnwand und nahm etwas ab. In diesem Moment brach draußen das Schloss.

»Peter!«, krächzte Bob.

Der Zweite Detektiv eilte zurück. »Alles klar.«

»Was –«

Im Flur ging das Licht an. Sie hörten leise Schritte, jemand schnaufte heftig. Die Tür aufzubrechen, war anstrengend gewesen. Wie sie vorhin, schaute der Unbekannte zunächst offenbar in die anderen Räume. Dann konnten ihn die Jungen durch den Scharnierspalt im Durchgang zum Wohnzimmer sehen.

Bobs Lippen formten sich zu einem Wort. Hall. Peter nickte und legte beide Hände ans Türblatt. Gleich war es so weit.

Ace Hall schaltete das Licht im Wohnzimmer an und machte einen Schritt nach vorne. Das war der Moment! Mit aller Kraft stießen ihm Peter und Bob das Türblatt entgegen. Hall gab einen Laut des Erschreckens von sich, ein dumpfer Schlag ertönte und der Mann flog mit lautem Gepolter seitwärts in den Raum. Peter und Bob jagten um die Tür, sahen Hall in der Sofaecke liegen, rannten in den Flur, knallten die Tür hinter sich zu und sperrten sie mit dem Schlüssel ab.

Im Schatten des Löwen

Der Mann schrie auf, ließ sein Messer fallen und griff sich an die Augen. »Du kleine Ratte! Das wirst du mir büßen!« Mit den Händen überm Gesicht torkelte er auf Justus zu.
Der Erste Detektiv sprang auf und rannte los. Den Schotterweg zurück, dann links. Dort musste es zur Einfahrt gehen. Besser raus auf die Straße als zurück zum Haus. Ob man ihm dort half, wusste er nicht. Der Messermann arbeitete sicher auch für Buchanan.
Justus lief über den Rasen dorthin, wo er den Weg zur Einfahrt vermutete. Der Rasen war feucht vom Sprenger, er musste aufpassen, nicht hinzufallen.
Ein Blick über die Schulter verriet ihm, dass sich der Mann an die Verfolgung machte. Noch immer rieb er sich die Augen, er schwankte und konnte noch nicht rennen. Aber das würde sich bald ändern. Justus erhöhte sein Tempo.
Er erreichte den Plattenweg, den er vorhin von der Einfahrt zum Haus genommen hatte. Hinter der nächsten Biegung musste das Pförtnerhäuschen auftauchen. Justus verlangsamte seine Geschwindigkeit. Wenn er so rannte, würde ihn der Pförtner sicher aufhalten und fragen, was los war. Aber hinter ihm fing der Messermann nun an zu laufen.
Die letzten Meter legte Justus in Schrittgeschwindigkeit zurück. Als der Pförtner aus seinem Kasten trat, lächelte Justus und winkte ihm freundlich zu.
»Na, du hast es aber eilig.« Der Pförtner musterte ihn skeptisch. »Bist du eben gerannt?«

»Ein bisschen Jogging. Ich kam heute noch nicht dazu.« Justus' Gesicht verkrampfte. Dieses gezwungene Lächeln tat fast weh. »Außerdem hat meine Mum angerufen. Ich soll endlich nach Hause kommen, sonst gibt's Ärger.«
Der Mann lachte. »Meine Mutter war auch so. Hast du Mr Buchanan gesagt, was du ihm sagen wolltest?«
»Er war nicht da. Ich muss ihn anders erreichen.«
In einiger Entfernung klatschten Schritte auf das Pflaster. Der Mann hatte den Plattenweg erreicht.
»Nicht da?« Der Pförtner überlegte. »Dann muss er schon früh weg sein. Ich habe seit zwei Stunden Dienst.«
»Tja.« Justus blickte unauffällig nach hinten. Der Mann kam um die Biegung. »Ich muss dann mal. Schönen Abend noch!«
Er ging durch das Tor und wandte sich sofort nach rechts. Dann begann er zu rennen.
Zwanzig Meter weiter stand ein Kleintransporter am Straßenrand. Der Erste Detektiv eilte dorthin, legte sich auf den Boden und rollte darunter. Wenige Augenblicke später sah er die Beine seines Verfolgers um die Ecke kommen. Der Mann blieb stehen, zuckte nach rechts und rannte dann nach links in die Nacht.
Justus atmete erleichtert auf und holte sein Handy hervor. Verärgert stellte er fest, dass das Telefon noch auf stumm geschaltet war. Und das Display vermeldete ihm, dass er sieben Anrufe verpasst hatte. »Verflixt!« Da drangen Stimmen von der Einfahrt zu ihm.
»Liebling, musst du das wirklich jetzt gleich machen?«, fragte Neal und klang dabei sehr besorgt. Justus sah nur seine Beine und neben ihm die Füße von Claire. Und ihre Krücken.

»Ja, Schatz, da stimmt etwas nicht, tut mir leid. Ich rufe dich nachher an.«
»In Ordnung. Da kommt auch schon dein Taxi.«
Ein gelber Wagen rollte heran und hielt vor den beiden. Die hintere Tür wurde geöffnet und Claire setzte sich auf den Rücksitz.
»Parkersten Park, Rocky Beach«, hörte Justus Neal sagen. »Kennen Sie das Karussell beim Spielplatz?«
Claire zog die Krücken in den Wagen und das Taxi fuhr davon.

»Was hast du denn da noch geholt?«, fragte Bob, als sie die Treppe nach unten eilten.
»Das Foto von Claire und ihrem Verlobten. Ich dachte mir, wenn diese Annabelle so einen Aufwand betreibt, um zu verbergen, wer sie in Wirklichkeit ist, ist es sicher nicht günstig, wenn dieser Hall das Foto sieht.«
»Gut gemacht, Zweiter! Bis jetzt vermutet Hall nur, dass in diesem Haus und vielleicht in dieser Wohnung eine Annabelle Brewster wohnt.« Bob hielt kurz inne. »Wenn er allerdings weitere Nachforschungen anstellt, könnte er herausfinden, dass hier eine Annabelle Delaney wohnt, und dann kann er auch eins und eins –« Plötzlich blieb er mitten auf der Treppe stehen. »Verdammt!«
»Was denn?« Peter zog ihn weiter.
»Das Blatt mit den Geheimnotizen! Das liegt mitten auf dem Schreibtisch!«
»Mist!« Peter ballte eine Faust. »Aber das lässt sich jetzt nicht mehr ändern. Wir können nur hoffen, dass Hall nichts damit anzufangen weiß.«

Als die beiden Jungen in die Eingangshalle gelangten, schlug irgendwo oben eine Tür. Vielleicht Hall, aber sie hatten genügend Vorsprung. Auf dem Weg zu Peters MG holte Bob sein Handy hervor, um erneut Justus anzurufen. In dem Moment bekam er jedoch selbst einen Anruf.

»Das ist Just!« Bob ging ran und ließ Peter mithören. »Just! Wo warst du denn? Geht es dir gut? Ich hab zig-mal versucht, dich zu erreichen!«

»Ich habe vergessen, nach der Observierung die Stummschaltung aufzuheben. Mein Fehler.«

»Gott sei Dank. Wir dachten schon, dass irgendwas passiert ist.«

»Ist es auch, aber dazu später. Jetzt gibt es Dringenderes. Wir müssen diese Annabelle finden. Und ihre Tochter.«

»Ihre Tochter? Claire?«

»Ja. Ich glaube, dass nicht nur Annabelle in Gefahr ist, sondern auch Claire, sobald Buchanan weiß, wer Annabelle Brewster ist.«

»Das weiß er vielleicht schon ziemlich bald. Hall ist in ihre Wohnung eingebrochen.«

»Mist! Aber wenn wir schneller sind, ist es egal.«

»Wie willst du die beiden finden?«

»Parkersten Park, das Karussell beim Spielplatz«, antwortete Justus. »Ich glaube, dass wir sie da finden.«

»Das Foto!«, fiel Bob ein. »Wir haben ein Foto gesehen, auf dem die beiden vor einem Karussell stehen. Woher weißt du denn –«

»Wo habt ihr so ein Foto gesehen?«

»Wir waren auch in ihrer Wohnung.«

»Ihr wart in –? Egal. Wir tauschen uns gleich aus. Treffpunkt in fünfzehn Minuten auf der Nordseite des Einkaufszentrums.«
»Okay.«

Als sich die drei Detektive wenig später auf der Rückseite des hässlichen Betonklotzes trafen, schoben sich aufziehende Wolken vor die Sterne und einen blassen Halbmond. Nur Straßenlaternen und Gartenbeleuchtungen spendeten Licht, ansonsten war es dunkel.
Auf dem Weg zum Spielplatz informierten sich die drei ??? gegenseitig über das, was in der vergangenen Stunde geschehen war. Halls Rückzug, Peter und Bob in Annabelles Wohnung, die Fotos, die Webcam, die verschlüsselten Botschaften auf dem Tisch, das neuerliche Auftauchen von Hall, ihre Flucht.
»*Medusa*?«, fragte Justus nach. »Da stand *Medusa*?«
»Ja, *Band in Medusa*«, bestätigte Peter und verzog das Gesicht. »Und wir haben dummerweise den Zettel liegen lassen.«
»Band in Medusa. Hm.« Justus runzelte die Stirn. Dann erzählte er seinen Freunden, was ihm widerfahren war. Das Gespräch mit Neal und Claire, der Messermann, das Taxi.
»Puh!«, machte Bob. »Dem Kerl müssen wir aus dem Weg gehen.«
»Allerdings. Aber nach dem, was zwischen Neal und Claire gesprochen wurde, habe ich vielleicht eine Erklärung für das seltsame Verhalten und Vorgehen von Annabelle Delaney.«
»Hast du?« Peter sah seinen Freund fragend an.
»Vielleicht.« Justus deutete nach vorne. »Aber wir sollten jetzt aufhören zu reden. Da vorne beginnt der Spielplatz.«

Der Parkersten Park bildete das südliche Ende des Stadtparks von Rocky Beach und bestand zu einem großen Teil aus einem Spielplatz mit Klettergerüsten, Rutsche, Schaukeln, Wippen und einem riesigen Sandkasten. Und ganz am Rand des kleinen Parks stand seit Jahrzehnten ein altertümliches Karussell, auf dem sich weiße Pferde, brüllende Löwen und langhalsige Giraffen gemächlich im Kreis drehten. Die Jungen kannten das Karussell aus ihrer eigenen Kindheit und hatten zahlreiche Runden darauf gedreht.

Jetzt näherten sie sich dem Karussell äußerst vorsichtig. Alle Lichter waren erloschen, die Löwen und Elefanten waren nur als dunkle Schemen zu erahnen.

Plötzlich bewegte sich hinter dem Karussell etwas. Ein Schatten. Ein Mensch. Auf vier Beinen. Und von rechts näherte sich schnellen Schrittes eine zweite Person.

»Scheint so, als wären wir genau rechtzeitig gekommen«, flüsterte Bob. »Das da muss Claire sein.« Er zeigte auf das Wesen mit den vier Beinen.

»Schleichen wir uns noch etwas näher ran«, wisperte Justus. »Vielleicht verstehen wir etwas.«

Claire und die andere Person waren sofort so in ihr Gespräch vertieft, dass sie nicht auf ihre Umgebung achteten. Sie steckten die Köpfe zusammen und redeten leise, aber intensiv aufeinander ein. Die Jungen kamen so zwar recht nah an die beiden heran und fanden Deckung im Schatten eines Löwen und einer Kutsche. Aber sie verstanden nur Bruchstücke.

Carmichael kam des Öfteren vor, sie verstanden *Buchanan*, *Ace Hall*, *Zukunft*, *Angst*, *Tonband*, *tut mir leid*, *aufhalten*, *Medusa*, *Gewissen*. Für Peter und Bob ergab das alles nur bedingt

Sinn. Dass die Sache etwas mit den Carmichaels, Ace Hall und Buchanan zu tun hatte, war ihnen schon vorher klar gewesen. Aber der Rest? Justus hingegen war hoch konzentriert. Mit jedem Wort, jedem Wortfetzen fügte sich für ihn das Puzzle weiter zusammen.

Doch plötzlich war das Gespräch zu Ende und die beiden Frauen – mittlerweile war klar, dass die andere Person Annabelle Delaney war – brachen auf.

»Los, Kollegen!« Justus trat aus ihrer Deckung hervor und zog Peter und Bob mit sich. »Mrs Delaney, Miss Delaney?«

Die beiden Frauen stoppten abrupt ab. Annabelle entfuhr ein Laut des Erschreckens.

»Es tut mir leid, dass wir Sie hier so überfallen. Aber wir wissen um Ihre Schwierigkeiten und möchten Ihnen unsere Hilfe anbieten.«

»Nein!«, rief Annabelle verzweifelt und zog ihre Tochter mit, die aber angesichts der Krücken nicht schneller konnte. »Nein. Verschwindet! Ihr macht alles ... Ihr werdet uns alle ... uns alle ...« Annabelle Delaney verstummte. Und dann fing sie hemmungslos an zu schluchzen.

Annabelle Delaney brach völlig zusammen. Sie ließ sich auf die Stufen des Karussells sinken, barg den Kopf in ihren Händen und weinte bitterlich. Claire setzte sich zu ihr, nahm sie in die Arme und versuchte sie zu beruhigen.

Und dann sprudelte alles aus Annabelle Delaney heraus. Ungeordnet, wirr, in halben Sätzen, von Weinkrämpfen unterbrochen, voller Selbstvorwürfe, Ängste und Zweifel. Ein Außenstehender hätte sich bestimmt keinen Reim auf den Schwall von Wörtern machen können, aber für die drei Detektive klärte sich ein Detail nach dem anderen. So passte alles zusammen. Schließlich versiegte Annabelles Redefluss und sie starrte ausdruckslos vor sich hin.

Justus wandte sich an Claire. »Wir ziehen uns kurz zurück und beraten, wie wir Ihnen am besten helfen können.«

Claire nickte stumm und strich ihrer Mutter über den Kopf.

Die drei ??? gingen einige Karusselltiere weiter und setzten sich in eine von einem weißen Elefanten gezogene Kutsche. Justus auf der einen Seite, Peter und Bob ziemlich beengt auf der anderen.

»Also, Kollegen«, begann der Erste Detektiv, »wir brauchen einen Plan, wie wir an dieses Tonband kommen, bevor Buchanan Annabelle oder Claire in die Finger bekommt. Und es sollte so passieren, dass er nicht erfährt, wo das Band war.«

»Moment, Moment, Leute.« Peter wedelte mit den Händen. »Ich muss das noch mal zusammenfassen, damit ich das alles verstehe. Annabelle weiß etwas, das Buchanan den Kopf kosten kann. Diese Müllgeschichte von damals. Da steckt er dahinter und dafür gibt es Beweise auf einem Tonband, das in dieser Medusa liegt. Annabelle will damit an die Öffentlichkeit, weil sie es nicht mit ihrem Gewissen vereinbaren kann, dass so jemand Gouverneur von Kalifornien wird.«

»Genau.« Bob nickte. »Aber sie konnte das nicht selbst tun, weil sie Claires Zukunft nicht aufs Spiel setzen wollte. Annabelle ist nämlich überzeugt, dass Buchanan seinen Sohn und Claire auseinanderbringen wird, wenn er erfährt, dass Claires Mutter ihn hat auffliegen lassen. Deshalb wollte sie Jeremiah Carmichael die Informationen zukommen lassen, damit der Buchanan entlarvt.«

»Aber Claire meinte doch, dass Neal auf alle Fälle zu ihr halten würde«, wandte Peter ein.

»Ja, das *sagt* sie«, meinte Justus. »Aber Annabelle war sich da offenbar nicht sicher. Und stellt euch mal vor, wie sich Claire fühlen würde: Es wäre ihr immer bewusst, dass sie Vater und Sohn entzweit hat, und Buchanan würde sicher keine Gelegenheit auslassen, ihr das unter die Nase zu reiben und ihr das Leben zur Hölle zu machen.«

»Verstehe«, sagte Peter. »Und weil Annabelle Jeremiah Carmichael zwar als engagierten Journalisten kannte, der schon lange mit Buchanan im Clinch lag, aber auch mit ihm kein Risiko eingehen wollte, durfte er ebenfalls nicht erfahren, wer sie ist. Deswegen die anonymen Hinweise, die Verkleidung und die geheimen Treffen. Aber warum hat sie ihre Hinweise verschlüsselt?«

»Damit niemand anderes erfährt, was sie Carmichael zu sagen hatte, falls die Briefe in die falschen Hände geraten würden.

Eine berechtigte Sorge – wahrscheinlich hat ja der Messermann im Auftrag Buchanans die Carmichaels überwacht.«
Peter nickte. »Und dass Carmichael ein Rätselfreak ist und diesen Wettbewerb gewonnen hat, wusste sie von seiner Internet-Seite. Und was sollte die Webcam im Bootshaus?«
»Absicherung?«, meinte Bob.
»Genau. Annabelle wollte wohl erst einmal abwarten, ob Carmichael dort alleine auftaucht und ob sie ihm so weit vertrauen kann. Über die Webcam hätte sie das gefahrlos beobachten können«, sagte Justus.
»Wenn Gravedigger nicht die Jacke drübergehängt hätte.«
Peter zog die Augenbrauen hoch. »Deswegen wusste Annabelle nicht, ob ihr erster Brief funktioniert hat. In der Ruine traf sie dann unerwarteterweise auf uns, wollte uns verjagen, weil sie dachte, dass Carmichael gleich kommt, und war ziemlich verwirrt, als sie Jojo sah, Carmichaels Sohn.«
Bob ergriff wieder das Wort. »Weil sie auch nicht wusste, dass Carmichael gar nicht vor Ort ist. Klar, war ja geheim, das wusste ja niemand.«
»Das ist alles korrekt, Kollegen.« Justus nickte in Richtung Mutter und Tochter. »Und jetzt müssen wir uns darüber Gedanken machen, wie wir diese brenzlige Situation lösen. Wenn Buchanan glaubt, dass Annabelle mit Carmichael unter einer Decke steckt und etwas ausplaudern will, das ihn in Schwierigkeiten bringen kann, wird er alles daransetzen, das zu verhindern. Insbesondere so kurz vor der Wahl.«
»Und falls er inzwischen von der Verbindung zwischen Annabelle und Claire weiß, könnte er auch Claire dazu benutzen, Annabelle unter Druck zu setzen«, erkannte Bob.

Justus nickte. »Deswegen meinte ich vorhin, dass auch Claire in Gefahr ist.«
»Und deswegen müssen wir dieses Band finden, bevor Buchanan Claire oder Annabelle findet«, verstand Peter. »Und Buchanan senior darf das Band nicht mit Annabelle in Verbindung bringen, damit er seinen Sohn nicht gegen Claire aufhetzt.«
Der Erste Detektiv machte ein skeptisches Gesicht. »Das wird der schwierigste Teil. Annabelle hatte ja gehofft, dass Carmichael sich das Band holt und dann behauptet, er wäre irgendwo zufällig darauf gestoßen. Aber auch Carmichael hätte dazu erst einmal in Buchanans Villa gemusst, damit er an diese Medusa rankommt. Die Medusa-Skulptur …« Justus knetete seine Unterlippe. »Das Feuer damals, diese Homestory. Was hat Buchanan dazu noch einmal gesagt?«
»Irgendwas von wegen, dass man alles überstehen kann«, erinnerte sich Peter.
»Nein, das meine ich nicht. Er hat gesagt …« Justus richtete sich langsam auf. »Ja, jetzt weiß ich es wieder. Panik … Hm, natürlich. Das heißt, man müsste … Ja … Und wenn wir ins Haus … dann könnten wir … Zucker … Alufolie … Kühlkompressen … Ja, das wäre eine Möglichkeit.«
Peter schüttelte den Kopf. »Was brabbelst du da vor dich hin? Panik? Zucker? Alufolie?«
In dem Moment erhoben sich die beiden Frauen und kamen zu den Jungen herüber.
»Erkläre ich euch gleich«, erwiderte der Erste Detektiv. »Konnten Sie sich ein wenig beruhigen?«, fragte er Annabelle und ihre Tochter. »Was haben Sie nun vor zu tun?«

Annabelle zuckte die Schultern und schniefte in ihr Taschentuch. »Erst einmal gehen wir in ein Motel. Nach Hause können wir ja nicht. Wir schlafen eine Nacht darüber, dann sehen wir weiter.«

»Eine gute Idee. Und wir kümmern uns um das Band.«

Annabelle sah erschrocken auf. »Das ist viel zu gefährlich!«

»Aber Sie beide können nicht ewig vor Buchanan davonlaufen«, widersprach Bob. »Erst wenn dieses Geheimnis aufgedeckt wurde, und zwar ohne dass Buchanan weiß, dass Sie dahinterstecken, können Sie beide wieder ein normales Leben führen.«

»Und ... wie wollt ihr das anstellen?«, fragte Claire. »Vince weiß vielleicht schon, dass sich meine Mutter mit Carmichael treffen wollte. Und dass ihr da irgendwie auch mit drinsteckt. Wenn ihr das Band in der Medusa findet, kann er doch eins und eins zusammenzählen.«

»Buchanan *vermutet*, dass ein Treffen geplant war, und zwar zwischen Annabelle Brewster und Mr Carmichael«, korrigierte Justus. »Außerdem kann er nicht wissen, worum es da gehen sollte. Und wenn ab jetzt weder Sie noch Jeremiah Carmichael in Erscheinung treten, gibt es womöglich gar kein Problem.«

»Es sei denn, Hall hat den Zettel auf Mrs Delaneys Schreibtisch gesehen und entschlüsselt«, wandte Bob ein.

»Ohne Schlüsselalphabet? Das halte ich doch für sehr unwahrscheinlich«, widersprach Justus. »Und was das Band angeht, hätte ich eine Frage an Sie, Miss Delaney. Sie gehen ja sozusagen ein und aus bei den Buchanans. Sehen Sie irgendeine Möglichkeit, wie wir möglichst unbemerkt an die Skulptur rankommen? Wie sieht es mit Alarmanlagen und Wachpersonal aus, wie viele Angestellte arbeiten dort, gibt es einen Hintereingang, haben Sie einen Schlüssel?«

Claire überlegte. »Nein, einen Schlüssel habe ich nicht. Die Überwachungstechnik der Villa ist sehr ausgefeilt, Wachen gibt es sogar tagsüber, der – Moment mal, da fällt mir was ein!« Sie nickte nachdrücklich. »Morgen Abend findet die große Wahlparty statt. Da sind jede Menge Leute eingeladen, das Haus wird brechend voll sein. Einer mehr oder weniger wird da kaum auffallen.«

»Aber wenn das Haus voll ist, kommen wir kaum unbemerkt an die Medusa ran«, gab Peter zu bedenken.

»Doch«, widersprach Justus. »Das ist perfekt! Wir müssen nur irgendwie reinkommen. Können Sie uns Einladungen besorgen?«

Claire schüttelte den Kopf. »Ich habe da leider gar keinen Einfluss drauf. Ich kann höchstens Neal anrufen und ihn bitten, das irgendwie zu deichseln. Aber einfach wird das nicht. Vince ist sehr schlau und sehr vorsichtig, und nach den jüngsten Vorkommnissen wird er sicher noch misstrauischer sein.«

Annabelle meldete sich zu Wort. »Ich hätte da vielleicht eine Idee.«

Feuer!

»Mann, ist das eng.« Peter zupfte sich die Fliege unter seinem Hals zurecht. »Ich krieg kaum Luft!«

»Stell dich nicht so an! Du siehst toll aus.« Bob grinste. »Wie ein Pinguin auf Urlaub.«

»Haha! Glaubst du, du siehst besser aus?« Der Zweite Detektiv blickte an sich hinab. Der Anzug war eine Nummer zu klein, die Lackschuhe steif und unbequem, die Fliege eine Tortur und die Pomade in seinem Haar stank widerlich.

»Diese Aufmachung ist das Beste, was uns passieren konnte«, sagte Justus. »Selbst Ace Hall dürfte uns so kaum wiedererkennen, wenn wir ihm über den Weg laufen. Aber wenn du weiter so rumhampelst, Zweiter, wird jeder auf dich aufmerksam.«

»Ja, schon gut.« Peter nahm die Finger von der Fliege.

Annabelle Delaney kannte den Besitzer der Catering-Firma, die auf Buchanans Wahlparty für Speis und Trank sorgte. Und für die nötigen Bedienungen, Kellner, Barmänner, Tabletthalter und so weiter. Die alle in der gleichen Dienstkleidung aufzulaufen hatten. Ein Anruf von Annabelle hatte genügt, um die drei Jungen an diesem Abend noch in der Schar der hilfreichen Geister unterzubringen. Und ihr Bekannter hatte auch keine Fragen gestellt, weil er dringend noch Personal brauchte. Als die Jungen am frühen Abend die Pforte passierten, war ihnen dennoch ziemlich mulmig zumute. Jetzt konnten sie sich noch in der Gruppe der anderen Bedienungen verstecken, aber in der Villa würden alle ihre Posten einnehmen müssen. Alleine. Ace Hall kannte sie, der Messermann kannte sie, Neal, bei dem sie sich auch nicht sicher sein konnten, kannte Justus, selbst den Pförtner durfte man nicht vergessen. Einfach würde die Sache nicht werden. Und wenn es richtig schiefging, konnte es auch sehr gefährlich werden …

Claire hatte nicht zu viel versprochen. Auf der Party waren wirklich jede Menge Leute. Die Jungen entdeckten die eine oder andere Berühmtheit, die sie aus dem Fernsehen oder dem Kino kannten. Politiker prosteten sich zu, wichtig aussehende Männer führten schöne Frauen spazieren und Justus bemerkte sogar Commissioner Prescott, Cottas Chef vom Police Department in Rocky Beach. Und immer mittendrin, immer strahlend, immer charmant schüttelte Vince Buchanan Unmengen von Händen und redete wie ein Wasserfall.

Die Medusa in der Empfangshalle war die ganze Zeit regelrecht umlagert. Gerade in diesem Raum hielten sich sehr viele Menschen auf, da hier der Partyservice das große Buffet aufgebaut hatte. Ein Gast hatte es sogar irgendwie geschafft, sein leeres Sektglas auf dem Kopf der Schlangenfrau abzustellen.

Den Ersten Detektiv beunruhigte das jedoch nicht sonderlich. Wenn sein Plan funktionierte, wären sie nachher die einzigen hier drin. Bis dahin jedoch mussten sie all denen aus dem Weg gehen, die ihnen gefährlich werden konnten.

Kurz vor acht war der Trubel in der Eingangshalle am größten. Der perfekte Zeitpunkt. Justus sah zu Peter und Bob auf der anderen Seite der Vorhalle hinüber und kratzte sich zweimal an der Nase. Das war das Zeichen. Der Erste Detektiv holte die kleine Tasche unter dem Tisch neben sich hervor und machte sich auf den Weg. Claire hatte ihm genau beschrieben, wohin er musste.

»Zucker und Kühlpads«, flüsterte Peter Bob zu. »Denkst du, dass das funktioniert?«

»Wir werden sehen. Aber was Just baut, funktioniert eigentlich immer.«

»Na, hoffen wir das Bes-« Peter schnappte hörbar nach Luft. »Bob!«, zischte er. »Da drüben steht Hall. Auf zehn Uhr!«

Der dritte Detektiv schaute nach links. »Ich sehe ihn. Mist. Jetzt geht er in unsere Richtung! Lass uns nach rechts verschwinden.«

Die beiden Jungen wandten sich um und wollten sich langsam aus der Gefahrenzone entfernen, blieben aber nach wenigen Schritten wie festgefroren stehen. An einer Säule lehnte der Messermann und winkte ihnen teuflisch grinsend zu.

Justus erreichte die Tür zum Vorratsraum am Ende des Flurs. Wie Claire gesagte hatte, steckte außen im Schloss ein Schlüssel. Der Erste Detektiv blickte noch einmal kurz über die Schulter. Niemand beobachtete ihn. Dann drehte er den Schlüssel um, schlüpfte schnell in den dunklen Raum und schloss hinter sich die Tür. Er öffnete seine Tasche, entnahm ihr zwei der wächsernen Zylinder und stellte sie unter eines der Regale nahe an der Tür. Ein optimaler Platz. Justus erhob sich und lauschte an der Tür. Alles ruhig. Er öffnete sie einen Spaltbreit und sah nach draußen. Etwas weiter vorne betrat eine Frau in Schürze die Küche. Der Erste Detektiv wartete, bis die Luft rein war, dann schlich er wieder in den Flur, huschte ein Stück weiter zu der Besenkammer unter dem Treppengang und kniete sich hinter eine gewaltige Yucca-Palme. Es lief alles wie geplant. Hoffentlich war das bei Peter und Bob genauso.

Justus schaute zur Tür der Besenkammer. Kein Schlüssel, nur ein Riegel. Claire war einfach Gold wert. Der Erste Detektiv holte die beiden anderen Zylinder aus der Tasche, stahl sich im Entengang zu der hölzernen Tür und schob den Riegel zur Seite. Er platzierte die weißlichen Rollen direkt hinter der Tür und fischte ein Feuerzeug aus der Tasche.

Plötzlich waren da Stimmen! Links von ihm. Justus kroch in die niedrige Kammer und zog die Tür heran.

»… super Party! Der Mann weiß, wie man feiert!«

»Ich geh hier sicher als Letzter nach Hause. Haha!«

Die beiden Männer liefen an der Kammer vorbei. Justus atmete auf. Sie hatten ihn nicht bemerkt. Er entzündete das Feuerzeug und hielt die kleine blaue Flamme an den Zylinder. Sofort knisterte und zischte es und Rauch stieg auf. Genauso bei der zweiten Rolle. Das Mischverhältnis stimmte genau. Bevor die ersten Rauchfähnchen seine Nase erreichten, glitt Justus aus der Kammer, huschte über den Gang zum Vorratsraum und entzündete auch dort die beiden Walzen. Er knüllte die Tasche zusammen, sperrte von außen ab und nahm den Schlüssel an sich. Dann zog er seinen Anzug zurecht und begab sich wieder nach vorne in die Halle.

Peter und Bob machten auf dem Absatz kehrt. Und blickten in ein zweites hämisch grinsendes Gesicht. Ace Hall! Auch er hatte sie entdeckt!

»Verdammt!«, entfuhr es Peter. »Was machen wir jetzt?«

»Hier drin können sie uns nichts anhaben«, sagte Bob. »Wir bleiben hier und hoffen auf Just.«

Peter sah über die Schulter. Und zuckte zusammen. »Dieser

Kerl hat sein Messer in der Hand! Von wegen nichts anhaben hier drin. Hier drin kriegt auch keiner mit, wenn der Schweizer Käse aus uns macht!«

Bob fixierte Hall. Der Mann war keine fünf Meter mehr von ihnen entfernt. Und er gab dem anderen Zeichen. »Sie wollen uns zur Terrassentür drängen!«

»Verdammt, Bob, wir müssen irgendetwas –«

»FEUER!« Der Schrei gellte wie eine Alarmsirene durch die Eingangshalle. »FEUER!«

Alles verstummte. Als hätte jemand den Ton ausgestellt.

»Dahinten!« Eine Frau fuchtelte wild mit den Armen. »In dem Flur! Rauch! Überall Rauch! Es brennt!«

Innerhalb weniger Sekunden brach Chaos aus. Menschen sprangen auf, rannten zu den Türen, jemand stieß einen Tisch um, Gläser zersplitterten am Boden, ein heilloses Durcheinander setzte ein. Alle wollten weg, nach draußen, während aus den Tiefen der Villa immer mehr dunkler Rauch quoll.

Peter und Bob machten sich das Chaos zunutze und tauchten in der flüchtenden Menge unter. Aber am Ausgang auf die große Terrasse hielten sie an und verbargen sich hinter einer Sitzgruppe.

»Siehst du Justus?« Bob schob sich so weit über die Polster, dass er in die Empfangshalle blicken konnte.

»Dahinten! Er kommt eben aus dem Flur.«

»Okay, los, wir haben nur wenig Zeit!«

Die beiden Detektive tasteten sich zurück in die Halle, vorbei an den letzten Gästen, die den Weg ins Freie suchten. In der Mitte des Raumes, an der Skulptur der Medusa, trafen sie auf Justus.

»Klappt doch wie am Schnürchen, oder?«, freute sich der Erste Detektiv.
»Nicht reden, machen!«, forderte Peter. »Hall und der Messertyp haben uns gesehen.«
»Dann los!« Justus steckte seine Hand in den Rachen der Schreckensgestalt, die auf einem brusthohen Sockel stand. Laut Annabelle hatte das Band damals gerade so da durchgepasst.
»Hast du's?« Bobs Lippen bebten vor Anspannung.
»Wartet!« Justus musste noch tiefer hineingreifen. Sein Unterarm verschwand in dem dunklen Loch, dann sein Ellenbogen. »Da! Da ist was. Ich …« Der Erste Detektiv wand sich und drehte seinen Arm. »Jetzt! Ich habe es!« Er zog seinen Arm wieder aus der Skulptur. In seinen Fingern hielt er eine braune, handtellergroße Tonspule.
»Jetzt aber nichts wie weg hier!« Peter drehte sich um.
Und starrte in die Gesichter von Ace Hall, Vince Buchanan und dem Messermann!

Backe, backe … Band

»Was habt ihr da?« Vince Buchanan trat einen Schritt nach vorne und streckte die Hand aus. Seine Augen glühten vor Zorn. »Her damit!«
»Das ist …« Justus verbarg das Band hinter seinem Rücken. »Das gehört uns.«
»Schwachsinn! Ihr habt es gerade da rausgeholt.« Der Messermann deutete auf die Skulptur.
»Nein, das ist nicht richtig.« Bob versuchte so überzeugend wie möglich zu klingen. »Wir haben das mitgebracht.«
Ace Hall grinste gehässig. »Klar, und ich habe euch alle lieb.« Sein Gesicht wurde zu einer bedrohlichen Fratze. »Schluss jetzt mit den Spielchen!« Er schob sein Jackett zur Seite, sodass seine Pistole im Holster sichtbar wurde.
»Ich stimme Ace zu.« Der Messermann lächelte böse und zog seine Waffe hervor. »Mein Liebling hier hat sowieso noch eine Rechnung mit euch offen.«
Buchanan wedelte mit der Hand. »Her mit dem Band jetzt! Und ich will wissen, für wen ihr arbeitet! Rückt sofort mit der Sprache raus!«
»Für mich!«
Buchanan und seine Handlanger wirbelten herum. Zwei Männer hatten sich unbemerkt genähert und traten auf sie zu. Commissioner Prescott und ein großer Mann, in dessen Blick eine fast unheimliche Gelassenheit lag. Der Mann von dem Bootshaus-Foto!
»Carmichael!«, entfuhr es Buchanan und der Messermann

ließ schnell seine Waffe verschwinden. »Was tun Sie ...?« Der Politiker war völlig durcheinander.
Jeremiah Carmichael stellte sich neben die drei Detektive, während der Commissioner Hall und den Messermann finster musterte. »Guten Abend, Mr Buchanan.« Er nickte den beiden anderen Männern zu. »Die Jungen arbeiten für mich. Ich wusste nicht, ob ich rechtzeitig wieder hier sein würde, daher habe ich die drei beauftragt, das Band aus der Figur zu holen.« Er lächelte den Detektiven freundschaftlich zu und nahm Justus das Tonband ab. »Danke, Jungs. Habt ihr toll gemacht.«
Die drei ??? wussten einen Moment lang nicht, was sie sagen sollten. Sie waren genauso überrascht wie Buchanan und seine Männer. Justus fand als Erster die Sprache wieder.
»Gerne geschehen, Mr Carmichael.«
»Das ist Diebstahl!«, wetterte Buchanan. »Das gehört mir! Commissioner, Sie müssen etwas tun!«
»Dessen bin ich mir sicher. Ich weiß nur noch nicht genau, was das sein wird.«
»Na, Sie müssen ... Das ist mein Tonband!«
»Und was ist da drauf?«
»Das ... das weiß ich nicht. Musik. Meine Musik.«
»Das auch«, sagte Carmichael, der die Freundlichkeit in Person war. »Aber sagt Ihnen der Name Roger Kumble etwas?«
»Roger Kum–« Buchanan erbleichte.
»Kumble, genau. Ihr früherer Geschäftspartner, der leider vor einigen Jahren verstorben ist. Aber in seinen Unterlagen fanden sich ein paar sehr interessante Informationen, unter anderem über ein Tonband, das Kumble in dieser Bronzefigur versteckt hat und auf dem zu hören ist, wie Sie und Kumble vor

25 Jahren vereinbaren, Dünnsäure aus Ihrer Recycling-Firma in der Kvichak Bay zu entsorgen.«
Buchanan starrte den Journalisten an wie einen Geist. Er war unfähig, etwas zu sagen oder zu tun.
Die Hand des Messermannes wanderte unter seine Jacke.
»Das würde ich an Ihrer Stelle nicht tun!«, knurrte Prescott ihn an. »Und jetzt will ich sofort wissen, was hier los ist. Ich kenne die drei Jungs sehr gut und weiß, dass sie absolut vertrauenswürdig sind. Das Gleiche gilt für Mr Carmichael.«
»Und ich bin es nicht?«, empörte sich Buchanan. »Sie sprechen mit dem zukünftigen Gouverneur von Kalifornien!«
Prescott lächelte gelangweilt. »Nicht so voreilig. Das hängt sicher auch davon ab, ob es stimmt, was Mr Carmichael mir erzählt hat. Haben Sie ein Tonbandgerät im Haus, Mr Buchanan, oder muss ich eines besorgen?«
»Ich ... Das ist trotzdem Diebstahl!« Buchanan wirkte jetzt beinahe wie ein trotziges Kind.
»Jaja.« Prescott winkte ab. »Das klären wir später. Also, haben Sie so ein Gerät?«
»Aber ... aber Sie werden doch diesen ganzen Unsinn nicht glauben, Lionell!« Buchanan legte Prescott die Hand auf die Schulter und lachte kumpelhaft.
»Nicht anfassen, bitte!« Prescott lachte nicht und schaute auf Buchanans Hand, als wäre sie ein ekliges Insekt. »Und für Sie immer noch Mr Prescott!«

Zehn Minuten später saßen alle Beteiligten in der Bibliothek der Villa um ein altes Tonbandgerät herum. Das »Feuer« hatte sich inzwischen erledigt, nachdem Justus die beiden Rauchbomben entschärft hatte, und Buchanans Angestellte taten ihr Bestes, die Gäste erneut in Partylaune zu versetzen. Carmichael legte das Band ein, spulte auf gut Glück bis fast ans Ende, vergewisserte sich noch einmal, dass alles so weit richtig eingestellt war, und drückte auf »Play«.

Gespannt lauschten die drei ???. Sie wussten von Annabelle, dass die entscheidende Sequenz erst ganz am Ende des Bandes zu hören sein würde. Ob Carmichael schon die richtige Stelle gefunden hatte? Justus schluckte, Bob spürte, wie sich die Härchen auf seinen Unterarmen aufstellten, Peter kaute an seinem Fingernagel. Buchanan und seine zwei Handlanger verzogen keine Miene.

Dann ein erstes Rauschen! Keine Töne, keine Musik, keine Stimmen. Nur Rauschen.

»Man hört nichts«, sagte Prescott.

»Moment.« Carmichael spulte weiter, drückte auf »Play«.

Rauschen.

Carmichael spulte zurück.

Rauschen.

Buchanan lächelte dünn. »Ich höre auch nichts.«

Jeremiah Carmichael versuchte alles. Er spulte hin und her, veränderte die Einstellungen, überprüfte das Gerät. Aber es blieb dabei. Das Tonband gab nur Rauschen von sich.

»Na dann.« Vince Buchanan erhob sich. »Ich glaube, wir können das hier beenden. Und Sie, Mr Prescott«, er spie den Namen fast aus, »können sich auf eines verlassen: Wenn ich erst einmal Gouverneur bin, dürfen Sie höchstens noch Strafzettel verteilen! Und jetzt raus hier, alle!«

»Einen kleinen Augenblick noch, bitte.« Justus hatte die letz-

ten Minuten intensiv nachgedacht. Nun erhob er sich ebenfalls. »Solche alten Bänder bestehen aus zwei Schichten, bei denen sich die Emulsion im Laufe der Zeit ablösen kann. So ein Band leidet dann am sogenannten Schuppensyndrom. Wenn ich bitte einmal für eine halbe Stunde mit dem Band in der Küche verschwinden dürfte, könnte es durchaus sein, dass ich es reparieren kann.«
»In der Küche? Was willst du denn da?«, fragte Prescott.
»Ich brauche einen Backofen. Durch die Hitze lassen sich die Schichten womöglich wieder verbinden.«
Buchanan lachte schallend. »Ein Backofen? Du bist ja völlig hirnlos! So weit kommt es noch! Raus jetzt! Sofort!«
Auch Prescott sah reichlich skeptisch drein.
»Bitte, Mr Prescott«, bat der Erste Detektiv. »Das kann tatsächlich funktionieren!«
»Nichts da!«, bellte Buchanan. »Du spinnst doch. Backofen! Ha!«
»Seien Sie still!« Prescott senste mit der Hand durch die Luft. »Einen Versuch ist es wert. Los, Justus!«
Eine gute halbe Stunde später waren die drei Detektive zurück. Der Erste Detektiv legte das Band ein, spulte wieder bis fast nach hinten und setzte sich. Er holte tief Luft, sah Peter und Bob an, warf Carmichael einen bangen Blick zu und drückte dann auf »Play«.
Rauschen ... Rauschen ... Rauschen ...
Und dann plötzlich eine Stimme! Leise, kratzig, aber deutlich zu verstehen. Buchanans Stimme!
»Okay, Roger, wir machen das folgendermaßen ...«

Fluch der Vergangenheit

Ein paar Tage später hatten die drei Detektive den großen Gartentisch unter dem Kirschbaum hinter dem Haus aufgestellt und festlich gedeckt. Die Carmichaels waren da, Annabelle und Claire, und auch Gravedigger hatten die Jungen eingeladen. Schließlich war er maßgeblich an der Aufklärung des Falls beteiligt gewesen. Allerdings war Gravedigger der Grund, weshalb Tante Mathilda der Tafel ferngeblieben war. Die beiden Kirschkuchen hatte sie gern gebacken, aber Gravedigger dabei zuzusehen, wie er den Kuchen auf der Suche nach Nanorobotern zerbröselt, wäre ihr wirklich nicht zuzumuten gewesen. Und Onkel Titus war gerade noch auf dem Dachboden beschäftigt, wo er die Spuren des mysteriösen nächtlichen Besuchers beseitigte.

»Ein Waschbär war das?«, fragte Bob Justus, während sich die anderen unterhielten.

Der Erste Detektiv nickte. »Und zwar ein gewaltiger.« Er senkte die Stimme. »Mit ebenso gewaltigen Hinterlassenschaften.«

Bob lachte.

Annabelle sah zu Justus herüber. »Der Kuchen ist wirklich ausgezeichnet. Richte deiner Tante bitte meine Komplimente aus.«

»Das mache ich.« Justus trank einen Schluck Kakao. »Was ich Sie fragen wollte: Verhält sich Buchanan Ihnen gegenüber weiterhin ruhig?«

»Ja. Er hat das Täuschungsmanöver von Mr Carmichael offenbar wirklich geschluckt.«

»Bitte, nennen Sie mich Jerry!« Carmichael prostete ihr mit der Kaffeetasse zu. »Sie haben so viel geleistet und so viel gewagt. Ohne Ihre Beweise hätte der Mistkerl nie seine Kandidatur zurückgezogen und wäre vielleicht bald Gouverneur.«

»Sehr gerne, Jerry. Ich bin Annabelle.«

»Aber ins Gefängnis muss Buchanan nicht, oder?«, fragte Peter.

Carmichael schüttelte den Kopf. »Nein, die Sache von damals ist verjährt. Und ich habe in Naknek leider keine neuen Beweise gefunden. Obwohl ich mir sicher bin, dass die immer noch ihren Unrat ins Meer kippen. Aber seine politische Karriere kann er an den Nagel hängen.«

»Dafür müssen sich seine beiden ›Zuarbeiter‹ vor dem Richter verantworten«, sagte Claire. »Henderson – der Mann mit dem Messer –, weil er euch mehrfach bedroht hat, und Hall, weil er diesen Einbrecher beauftragt hat, um an Jerrys Unterlagen zu kommen.«

»Haben Sie eigentlich Ace Hall gleich wiedererkannt?«, fragte Peter Annabelle.

»Sofort! Erst habe ich mich über Gravedigger gewundert«, sie lächelte dem kleinen Mann zu, »den ich zwei Tage vorher schon im Bus gesehen hatte. Und dann stand da auf einmal mein ehemaliger Kollege Hall neben mir an den Briefkästen! Ich war wirklich kurz davor, in Panik auszubrechen. Ich wusste ja, dass er noch für Buchanan arbeitet, und dachte: *Jetzt haben sie mich!*«

Gravedigger hob sein Wasserglas – Kaffee und Tee waren Erfindungen der CIA, um die Sinne zu vernebeln – und grinste: »Auf Ihren Heimatplaneten!«

Annabelle zwinkerte ihm fröhlich zu. »Nochmals sorry wegen des Pfeffersprays!«

»Das war übrigens klasse, Bob, wie du diesen Einbrecher überführt hast«, lobte Mrs Carmichael den dritten Detektiv.

»Siehst du, Mum, ich hab's dir ja immer gesagt: Die drei sind echt spitze!«, rief Jojo. »Kann ich noch ein Stück Kuchen haben?«

»Greif zu!« Justus schob ihm die Platte hin. »Mr Carmichael, woher wussten Sie eigentlich von diesem Roger Kumble?«

»Ich bin wegen der Müll-Sache schon ewig an Buchanan dran und kenne alle seine Komplizen. Aber ich hatte eben nie Beweise.«

»Und Jojo und Ihre Frau haben Ihnen von Mrs Delaneys Problemen erzählt und von unserem Plan«, fragte Bob nach.

Carmichael lächelte seinem Sohn stolz zu. »Er hat mir die Briefe gezeigt, als ich nach Hause kam, hat mir alles erklärt und mich sofort zu Buchanans Party geschickt. Sagt mal«, er sah die drei ??? an, »wer von euch hatte denn diese Idee mit den selbst gebastelten Rauchbomben?«

Peter und Bob deuteten auf Justus.

»Sehr clever!« Carmichael zeigte Justus den erhobenen Daumen. »Waren die mit Salzsäure?«

Der Erste Detektiv schüttelte den Kopf. »Zucker, Kaliumnitrat aus Kühlkompressen und Alufolie zur Auskleidung der Form.«

»Verstehe. Die simpelsten Tricks sind oft die besten.«

Bob hatte eine Frage an den Journalisten. »Mr Carmichael, dürfte ich Sie fragen, wieso Sie aus Alaska nicht mehr angerufen haben?«

»Mir fiel an Bord mein Handy ins Klo. Totalschaden. Mit einem fremden Telefon wollte ich nicht zu Hause anrufen, die Nummer soll niemand anderes wissen. Und auf dem Nachhauseweg erwischte ich gerade so den Flug, sodass ich keine Zeit mehr hatte anzurufen. Das konnte ich dann erst nach der Landung tun.« Er strich seinem Sohn über den Kopf. »Tut mir so leid, Kumpel!«
Jojo strahlte seinen Vater an. »Alles wieder okay, Dad.«
»Zu dieser Medusa hätte ich noch ein paar Fragen.« Peter kratzte sich am Kopf. »Wie kam das Band jetzt noch mal da rein und wieso war da diese Absprache drauf?«
Annabelle stellte ihre Tasse ab. »Buchanan hat mit seinen Kumpels oft Musik gemacht. Jazz. Dabei wurde meist improvisiert, also frei drauflosgespielt. Und für den Fall, dass ihnen mal eine tolle Passage, ein eingängiger Riff gelang, den man sich merken wollte, lief immer ein Band mit und nahm alles auf. Hin und wieder hat Buchanan aber vergessen, es hinterher abzuschalten, und so gelangte die Unterhaltung mit Kumble auf eins der Bänder. Und weil sich das Aufnahmegerät am Ende selbst abschaltete, ahnte er auch nicht, was passiert war.«
»Und wie stießen Sie darauf?«, fragte Carmichael.
»Ich arbeitete damals ja für Buchanan als Mädchen für alles und sollte eines Tages eine bestimmte Musikaufnahme für ihn heraussuchen. Dabei stolperte ich über die Absprache und war natürlich völlig schockiert. Genau in dem Moment rief Buchanan nach mir und ich hörte seine Schritte. In meiner Panik versteckte ich das Band am nächstbesten Ort.«
»In der Medusa«, verstand Peter.
»Die damals in der Bibliothek stand, ja.« Annabelle nickte.

»Ich überlegte die ganze Nacht, ob ich damit zur Polizei gehen sollte. Aber in dieser Nacht brannte die Villa ab.«

»Der 10. August«, erinnerte sich Justus. »Da dachten Sie, die Medusa und das Band wären ebenfalls den Flammen zum Opfer gefallen.«

»Genau. Bis ich die Figur vor zwei Wochen in einer Homestory über Buchanan wiedersah. Scheinbar unversehrt. Ich war mir sicher, dass das Band auch noch drin war. Und da konnte ich einfach nicht mehr anders.« Sie blickte ihre Tochter reuevoll an. »Die Welt musste erfahren, was für ein Mensch der vielleicht zukünftige Gouverneur von Kalifornien ist.«

»Jetzt ist ja alles in Ordnung, Mum.« Claire nahm sie in die Arme. »Und selbst wenn Buchanan wüsste, dass du hinter allem steckst – Neal würde immer zu mir halten. Immer!«

»Das wünsche ich dir von ganzem Herzen, mein Schatz.« Annabelle lächelte.

»Eine Frage hätte ich noch, Mrs Delaney.« Justus wischte sich den Mund mit seiner Blümchenserviette ab. »Der Fehler bei *Bootshaus*. War das Absicht?«

»Nein.« Annabelle schüttelte den Kopf. »Da habe ich mich vertan. Ich bin halt nicht so eine versierte Rätslerin wie Mr Car… Jerry.«

Onkel Titus kam um die Hausecke gestapft. In der Hand hielt er einen uralten Lederkoffer. »Hallo allerseits! Habt ihr mir noch ein Stückchen Kirschkuchen aufgehoben?« Er setzte sich auf den letzten freien Stuhl zwischen Peter und Bob und ließ seinen Blick über die Tafel schweifen. »Ah, da ist ja noch eins. Sehr schön! Ist auch noch Kaffee da?«

»Ja, warten Sie!« Claire goss Onkel Titus eine Tasse ein.

Justus beobachtete missmutig, wie sich sein Onkel das letzte Stück Kuchen auf einen Teller lud. »Was hast du denn da?« Er nickte zu dem Lederkoffer.
»Oh, das.« Onkel Titus ließ die beiden metallenen Schnapper aufspringen und stellte sich den geöffneten Koffer auf den Schoß. »Habe ich auf dem Speicher gefunden. Unsere alten Videofilme. Die müssen wir uns unbedingt mal wieder ansehen. Hier!« Er zog eines der antiken Bänder hervor. »Deine Tante und ich in den Flitterwochen am Grand Canyon!«
»Ganz toll.« Justus wusste mindestens tausend Dinge, die spannender waren als ein Filmabend mit Onkel Titus und Tante Mathilda.
»Das hier ist super!« Bob hielt ein anderes Band hoch. »*Justus lernt laufen*. Das muss ich sehen!«
»Tu das wieder rein«, sagte Justus genervt.
»Nein!« Peter hatte ebenfalls ein Band aus dem Koffer geholt. Er war ganz aus dem Häuschen. »Das hier! Das sehen wir uns an. Gleich jetzt!«
Justus ahnte Schreckliches. »Was hast du da, Zweiter?«
»Ihr glaubt es nicht: *Justus geht zum ersten Mal aufs Töpfchen*!«
Der Erste Detektiv sprang auf. Entsetzen lag auf seinem Gesicht. »Gib mir das, sofort!«
»Dann musst du es dir holen!«
»Bleib hier!«
»Hierher! Hier ist es!«
»Peter!«
Lauthals lachend verfolgten die anderen, wie Justus Peter über den Schrottplatz jagte.